AF318384

FRANCIS POICTEVIN

DERNIERS SONGES

PARIS

ALPHONSE LEMERRE, ÉDITEUR

23-31, PASSAGE CHOISEUL, 23-31

M DCCC LXXXVIII

DERNIERS SONGES

DU MÊME AUTEUR

Il a été tiré de *Derniers Songes*, 20 exemplaires sur papier de Chine et 5 sur papier du Japon.

FRANCIS POICTEVIN

DERNIERS SONGES

PARIS

ALPHONSE LEMERRE, EDITEUR

23-31, PASSAGE CHOISEUL, 23-31

M DCCC LXXXVIII

Dimanche, 28 septembre 1884.

Cher Monsieur,

NE venez pas mercredi, vous ne me trouverez pas encore chez moi, car je ne serai réinstallé à Auteuil que la semaine suivante. Je voudrais bien vous faire des compliments de vos Songes, en effet je trouve la trilogie de ces deux jeunesses séparées, avec leur contact et leur soudure dans la troisième partie, je la trouve une très jolie imagination, mais il n'aurait pas fallu faire la troisième partie toute en paysages, il aurait été besoin avant tout d'une psychologie de ces deux âmes et de ces deux corps mêlés — et ça manque. Puis, vraiment, cher monsieur, vous aimez trop l'obscurité, la nuit dans le style, et il y a pour moi, oui pour moi, nombre de phrases tout à fait indéchiffrables. Votre bouquin, savez-vous, me fait l'effet du livre du Dante quand j'ai commencé à apprendre l'italien, je comprenais l'Enfer, je ne saisissais que très médiocrement le Purgatoire, et le Paradis restait pour mon intellect du pur cunéiforme, — eh bien, en vous lisant, l'incompréhension monte et grandit de Jacques à Licette et de Licette à Ensemble. Et cependant par-ci et par-là, et même très souvent, il y a de délicates définitions de sentiments et de choses que la copie est rebelle à rendre : des victoires de la prose sur l'invisible, sur l'impalpable.

Mes amitiés,

EDMOND DE GONCOURT.

A

MON AMI J. K. HÜYSMANS

l'écrivain si aigu et fastueux,

en un même amour du mystère.

F. P.

DERNIERS SONGES

ULTIMES RÉMINISCENCES DES PREMIERS ANS

OUR le lymphatisme de l'enfant à sa septième année, le médecin a conseillé une station d'été à Luchon. Jacques part avec son précepteur. Comme il est heureux sur la ligne du Midi dans le coupé loué pour eux deux seuls ! par les glaces, il voit ce paysage si nouveau de landes, de pins, de bruyères. Il aime cet air chaud, ce ton un peu rissolé des verdures, des fougères surtout. Le coupé est dans le sens arrière. L'enfant regarde défiler cette nature qui envoie des bouffées résineuses; pas de terres labourées, c'est sauvage et cela plaît à voir. Le vilain wagon même en face ne gêne pas trop, Jacques en suit la trépidation un peu oscillante, il écoute ce bruit du train qui l'emporte plus loin encore.

A Tarbes, au fond de l'horizon a apparu un monde de blancheurs hautes, confondues, masses qui par endroits s'éclairent. Cela semblait moins appartenir à la terre que dépendre du ciel.

La station thermale lui semble imposante avec ses colonnes. Promenoir où circulent les malades et les autres, où il aime à se frôler à ce monde comme il faut, si varié; moments d'attente, où cependant tout ce qu'on voit est plein d'inattendu. Et justement parce que tous ceux qui passent là et tout ce qui s'y passe n'est que de si peu de durée, cette brièveté ajoute un charme; Jacques garde un regret à ce qu'il a saisi à peine.

Un chien, boule-dogue jaune à mufle noir, lui

a fait envie, caprice exalté; il a écrit à son père avec des supplications. Il se sent défaillir de chagrin de ne pouvoir le prendre, l'emmener. Ah! mon Dieu, quel malheur... mille francs! mais n'est-elle pas juste cette somme pour un si beau chien de race! comme il avait l'air fort et calme et bon. Il y avait du protecteur, du grand ami dans ce chien pour le petit garçon. A coup sûr, on se serait très bien entendu ensemble et tout de suite, il l'avait bien éprouvé dans la façon un peu fière à ce chien d'accueillir ses caresses.

Une fillette plus grande que lui, dans les treize ans, grassouillette, faisant des manières, il a mal joué avec elle, et là se dessinaient ses antipathies non moins exclusives que ses sympathies. Le précepteur causait avec le père. Jacques eût aimé que cette fillette, qui avait par son âge déjà une importance — ces treize ans étaient considérables pour lui, — fût selon son goût, car enfin son regret de n'avoir pas de plaisir auprès de celle-là révélait au petit garçon un désir d'avoir une récréation avec une petite personne en jupe.

Et les excursions à la cascade d'Enfer, à Bossost. Grimper au troisième, au dernier pont de la cascade, plonger de là dans la large vallée, dans cet air de montagne où il lui semble prendre une nouvelle vision de tout et où il se sent léger et gai et transporté. A Bossost être en Espagne, avoir franchi la frontière, entendre une messe où la sonnette est remplacée par une crécelle, voir un petit fleuve rapide que l'on nomme encore la Garonne mais qui ne lui paraît plus le même tout à fait qu'en France, enfin les costumes des soldats et aussi des gens... De cette façon voyageuse, ses idées s'étendent.

Le retour est presque triste : oh! revenir sur ses pas... A Luchon, il avait oublié la vie monotone du château dans ce fond de campagne assez près de Paris, il aimait le soir devant les cafés sous les tentes les harpistes, les chanteurs pyrénéens. Adieu tout ce beau mois! le château renfoncé entre les vilains coteaux se remontrait dans le tout proche lendemain. Et voilà qu'à Toulouse le précepteur et lui sont indisposés; on s'est arrêté à l'hôtel des trois Empereurs d'où il gardera le souvenir, dans la chambre, d'un flacon de verre taillé empli à demi d'un liquide jaunâtre. Il y a mis sa langue; non, ce n'est plus le goût de la fleur d'oranger, pourtant dans cette âcreté restait quelque chose de presque agréablement vieux, pareil à l'apparence intérieurement un peu cristallisée du flacon. Il l'a manié, regardé longtemps.

A un coin peu éclairé du petit salon Louis XVI du château, le portrait du cardinal de Rohan, dans le costume de seigneur prélat, et par son air vain et doucereux, s'infiltrait en l'esprit de l'enfant, lui inspirait une indéfinissable défiance, un peu malveillante, de ce prêtre riche qu'il sentait faux, qu'il ne sentait guère prêtre. Des apparences presque de marquis poudré de la cour du temps; mais un cardinal avec des airs de marquis, n'était-ce pas contradictoire, risible?... et cette peinture infirmait en l'enfant le respect pour la hiérarchie. Il se renseigna d'ailleurs vite sur le cardinalat, son institution si tardive, toute de politique à la cour des papes. Et ce portrait agaçait l'enfant tout en arrêtant son regard au passage. Forme hybride de prince-évêque, au fond ni l'un ni l'autre, type énervé de la fin d'un temps, d'un culte peut-être, et qui, loin de saillir avec la distinction du rang, s'affadissait dans l'idée de Jacques. Pourtant il y revenait comme à un personnage, à un type en somme disparu et assez inconcevablement se rattachant à la demeure sévère.

Puis, il n'entendait jamais parler de ceux qui avaient habité là autrefois. Les parents ne s'intéressaient donc pas au passé de leur château ? Le père cependant semblait fier de son domaine. On l'avait acheté à d'ordinaires propriétaires, fermiers enrichis, Jacques n'avait pas entendu dire autre chose, sinon que le cardinal d'Amboise l'avait acheté des constructeurs eux-mêmes et que les Rohan au siècle dernier l'habitèrent. Et de cette stérilité de renseignements Jacques ne concluait qu'un point clair : de l'inconnu, bien du possible enfin dans cette maison. Dans le présent même se glissait ainsi il ne savait quoi d'inexplicable.

Quelque chose qui lui plaisait, parce que sans doute il y allait peu et assez vite toujours, quelque chose de bien près pourtant de la chambre d'étude, c'était le bout tournant en angle du long corridor. Là-bas, une fois qu'on avait tourné, on n'était plus vu. Une grande fenêtre donnait sur les fossés, un peu de la pelouse, plutôt sur une touffe d'arbres, du dehors cette fenêtre se rencognait contre une des tours principales; plus loin, cette dernière partie du corridor aboutissait à une pièce polygonale servant irrégulièrement de bûcher, les murs se dégradant, leurs pierres jaunes sans plus de mortier, paraissaient à l'enfant moins communs dans leur abandon.

Et encore, dans l'escalier tournant qui donnait sur l'ancienne salle des gardes — maintenant simple salle de billard, il y avait dans un renfoncement à mi-mur une fenêtre dormante, oblongue; une traverse en bois coupait la vitre à son milieu. Quand l'enfant passait par l'escalier sombre, il ralentissait, s'arrêtait, rien qu'un moment, près ou même devant cette baie, derrière laquelle régnait le silence d'un étroit petit couloir où l'on n'allait jamais et éclairé d'une sorte de lucarne s'ouvrant à peu près en face la fenêtre dormante. Ce cou-

. loir menait à l'intérieur d'une tourelle, à une pièce circulaire, vide. Certes, l'enfant avait pu y aller des fois, mais cette pièce pas employée le préoccupait en quelque sorte de son sens perdu. De la fenêtre dormante, l'humble couloir ainsi observé prenait un isolement, se reculait, l'escalier lui-même se troublait sous ce jour singulièrement nu et indéterminé tombant de la lucarne de là derrière le couloir et à travers la fenêtre. Combien cette vitre qui ne s'ouvrait pas se faisait, derrière elle, inviteuse !... Il semblait presque à Jacques qu'il ne connaissait pas ce couloir carrelé, cela devenait dans sa contemplation muette, agrandissante comme une fuite immobile de secret passage. Il savait pourtant que la petite porte basse de ce court couloir donnait sur le corridor, à son tournant. Mais celle-ci était quasi dissimulée, elle aussi pleine d'incertitudes; elle voulait avoir l'air de faire partie du mur. Tout de même entre elle et le haut mur restait une mince ligne anguleuse de démarcation, indice d'un par-delà que l'enfant convoite, qu'il n'ose.

Et il s'intriguait intellectuellement, en une ingénue subtilité, du grand-père maternel venant rarement à la campagne. L'administrateur au chemin de fer de l'Est venait, dans le parc de sa fille, aspirer des fraîcheurs, et sans guère parler. Mais il en disait assez pour contredire les instincts d'agronome du père, sans non plus se ranger du côté du précepteur. Lui blâmait qu'un étranger fût le maître de l'enfant, il n'admettait pas l'étude d'autres langues, les vivantes, au détriment du français, celle-ci avec la latine devant tout primer. Sa complexe nature un peu recluse, à échappées bilieuses, jugeait manquer de souplesses, de dextérités ce type selon lui engourdi, peut-être même moins indéchiffrable que vide, d'homme blond, de germain. Il avait, le grand-père, une façon à lui à demi-narquoise, à demi-interrogative, de commencer des fables, que Jacques préférait qu'il continuât. Au fond, les romans de Walter Scott, racontés par le précepteur, plaisaient davantage à l'imagination du petit. Pourtant la façon de parler du grand-père avait une élégance, de l'imprévu, des brièvetés, Jacques le sentait bien, et l'aïeul se marquait dans sa vision avec sa face glabre assez creusée, sa taille petite mais fine en une lenteur peut-être plus voulue que réelle, avec sa bouche aux coins un peu renfrognés et renfermant des observations, et ses yeux pensifs se faisant presque distraits si on les voulait fixer. Sa bienveillance envers Jacques semblait de celles qui délicatement se récusent.

Son père ! comme il le voit toujours dans son costume de chasse en velours gris passé. L'enfant touchait les boutons — un jockey sur un cheval lancé, cette course folle en arrêt n'avait pas beaucoup de sens, mais enfin il regardait pensant à son poney qu'il montait si à l'aise. Il flairait le carnier où reviendraient les belles perdrix grises et rouges, qu'il se désolerait de voir tuées et dont il aimait à caresser la plume soyeuse et molle. Mais le papa n'était pas studieux, la lecture ne l'intéressait guère, il aimait à faire les choses promptement. Jacques, lui, se sentait plus long devant elles, il les éprouvait diverses ou alors ennuyeuses.

Un maître de musique venu quelquefois à la campagne, il se le rappelle un petit homme coquet, blond, les favoris légers, l'air tout jeune malgré sa tête chauve, il portait un pantalon clair, c'était un blond gentil mais qui n'imposait pas comme le précepteur...

Et ensuite chez une maîtresse de musique où il allait prendre des leçons rue des Saints-Pères, il se retrouve une matinée, cette grosse dame se sentait mal en train, le cœur et l'estomac barbouillés, à cinq heures on avait guillotiné le médecin La Pommerais convaincu d'empoisonnement, le crime d'un homme comme il faut et même distingué semblait inouï, on ne le pouvait croire, et puis le crime avait été perpétré sans qu'il y parût, sans grossièreté, pas malproprement, l'exécution du médecin à tout prendre était peut-être exorbitante. Jacques s'hallucinait vaguement de la manière dont était tombée la tête de ce monsieur.

Malgré ces essais d'apprendre le piano, il s'obstinait à s'énerver, en des pleurnicheries, du rabâchage des airs. Le précepteur, d'une musicale susceptibilité d'oreille, conseilla de cesser les leçons.

Quand il revenait de Paris, des soirs d'hiver, avant surtout qu'il commençât à y aller une fois la semaine régulièrement pour des répétitions chez un professeur du lycée Bonaparte, ces soirs, après avoir quitté le train à Meulan, dans le coupé Jacques avait des sensations indiscernablement mêlées d'agréable et de pénible. La voiture filait vite ou allait au pas aux montées ou encore avait des cahots à des endroits pierreux, et c'étaient, entre ou le long des plaines non trop unies, des massifs d'arbres, des murs de propriétés privées; l'enfant regardait à travers la glace dans l'obscurité un peu comme si cela chaque fois était nouveau pour lui, même les soirs d'été devant les effacements des crépuscules avec lesquels il se sentait languir. Et ces choses entrevues au passage lui disaient par cela même plus que la même campagne, les pareilles verdures auprès de la maison qu'il habitait. C'étaient donc ces endroits avant d'arriver, endroits qu'on ne distinguait plus à ces heures et où en réalité il n'avait jamais rien remarqué de spécial, qui devenaient une distraction presque épeurante par leur différence supposée. Le long d'un mur touffu derrière d'arbres qui le dominent pas sûrement tranquilles, le chemin tournait brusquement, le mur continuait en suivant la courbe quelques moments du chemin, et dans l'âme de l'enfant couvaient des perplexités en une accordance bizarre avec les inégalités, les péripéties de la route. Il y avait aussi un pont négligé, le chemin devenu resserré; on passait par un hameau, certaines végétations grêles risquaient de battre au carreau de la portière. Puis, parmi les plaines un peu montantes, c'étaient des regrets de cet endroit tout à l'heure anxieux, maintenant trop vite traversé. C'était charmeur au bout du compte, et cela valait mieux que la monotonie autour du château. Celui-ci cependant avait une singularité d'isolement dans le parc et comme en dehors du village.

Les premiers beaux soirs de printemps, dans une allée pas trop droite, il écoutait son père siffler des trilles aux rossignols, et les lilas et de l'autre côté la prairie répandaient une haleine fraîchement douce.

Du saut-de-loup devant la brèche à claire-voie, non juste au bout, un peu à gauche de la grande allée, ou, si Jacques prenait la clé de l'une des deux portes aux bouts opposés dans le haut du parc, de l'une d'elles franchie ou simplement ouverte, la vision de la campagne s'en allant au loin... L'autre porte donnait sur le chemin du joli bois des Roches, bois trop parcouru par l'enfant, horizon sans plus guère de surprises. De la porte au contraire, où Jacques sortait peu vers Témé-ricourt, les lointains, aperçus chaque fois un peu comme par hasard, semblaient plus curieux, ils se mariaient indéfiniment au ciel, aux nuages. Le ciel tout là-bas, sur les labours, sur les cimes pointues des peupliers, sur des groupes d'arbres arrondis, se courbait, arrêtait et n'arrêtait pas la vue. Et certain vent molli apportait le son des cloches de Téméricourt caché par les plis des champs, ces sons, vague voix des airs, mouraient au cœur de Jacques.

Dans la même direction, à l'extrême horizon deviné, se trouvait Averne. Bien qu'il y eût été deux ou trois fois, il se le figurait un endroit pour ainsi dire uniquement de religieuses. Les premières qu'il eût jamais vues étaient venues de ce grand village au château en une visite brève. Les sœurs, leurs maisons, il les resongeait dans une blancheur assez raide et calme. Tout Averne devait en tenir.

Ce que dans le parc il aimait le plus, c'étaient certains bruissements, certains chuchotements venant des feuilles des marronniers, des tilleuls, sans doute aussi des nuages. C'était alors comme si la partie la plus en dedans de lui-même et qui lui échappait se mouvait parmi eux dans le vent, en quelque sorte s'y dérobait revenante. Et puis avec les nuages, ce n'était plus désert, plus fixe dans le grand ciel.

Monsieur S..., gros et malgré cela alerte et dont la voix, quand il s'adressait un moment à Jacques, se faisait flûtée, c'était très curieux et surtout l'enfant dès les premières visites ne douta plus que le monsieur était au fond moins aimable encore que bienveillant pour lui et si simplement, sans en avoir l'air. Jacques aimait cette façon de ne pas le gêner dans ses timidités, cette façon particulière de le faire valoir subitement en non pas l'interrogeant brusquement mais en l'introduisant dans la conversation à propos, puis tout naturellement, sans qu'il s'en rendît presque compte, de continuer un moment comme en un aparté ni tout bas ni trop haut. Oui, exquise allure de ce monsieur avec lui et qui faisait dire aux parents : vous savez, vous avez fait sa conquête; il demande toujours pourquoi vous ne venez pas plus souvent... C'est que le monsieur avocat à Paris y avait nombre d'affaires; aussi ne restait-il qu'un jour ou deux tout au plus et à longs intervalles. Cet honnête et éloquent homme, l'enfant lui sentait sous sa forme énorme sans lourdeur une distinction intime et une réserve par dessous les gestes d'ailleurs tout de franchise. Cet homme que l'enfant voyait en somme si peu faisait naître en lui le regret, bien qu'il le comprît inutile, des occasions devant très vraisemblablement toujours manquer de se rencontrer autrement; toujours l'avocat venait demandé par le père pour des questions encore en litige des affaires d'autrefois, et l'avocat semblait très délicatement vouloir ne pas franchir cette limite mais rester sur ce terrain neutre. Pourtant ses manières revenaient à Jacques; il les sentait favorables à lui, et toujours comme si le monsieur avocat se cachait d'être ou de pouvoir être un ami. Enfin et par-dessus tout peut-être celui-ci le susceptibilisait par des insinuations, çà et là dans la causerie, sur des problèmes de la pensée, en lesquels l'enfant se perdait ensuite à réfléchir. Cela créait, laissait en lui une impression de sympathie contenue, différée. On s'entendrait, on se retrouverait plus tard... Comment? où?... Tout cela, Jacques le percevait confusément, avec une foi. Et ces sentiments gardés, lui mettant une dilection aux yeux et une grâce discrète et heureuse quand il regardait le monsieur ou se faufilait à ses côtés, initiaient l'enfant au monde de l'âme, suscitaient en lui, confirmaient des pressentiments sur la nécessité de l'attente, sur les difficultés du bonheur. Peu d'années après, lorsqu'il apprit la mort de l'avocat avant la vieillesse survenue, il ne s'étonna pas.

Il y avait les trois inséparables, appelés ainsi parce qu'ils ne venaient jamais qu'ensemble.

L'architecte, l'enfant se le disait ni méchant ni bonhomme, avec sa grosse tête sans empâtement des traits; il était toujours en mouvement sans exactement d'agitation, portait un chapeau de castor rond en rapport avec sa tête. Parole coulant sans flexions, toujours proposant quelque partie, bien d'un homme qui ne pouvait guère plus s'asseoir que réfléchir. Il était comme sans figure à lui, et ainsi on ne l'aimait ni le détestait.

L'homme d'affaires, au timbre de voix sans résonance et comme coupant de côté et un peu moqueur, à l'œil d'une vivacité glissante, au visage étroit, à la physionomie superficiellement accommodante, était envers Jacques volontiers et rapidement caresseur. Quoiqu'il ne déplût pas à l'enfant, qui aimait bien ces caresses non insistées, l'enfant sentait que celui-là, pour flatter avec une mesure son père, n'était pas un ami véritable.

Le chef d'institution de la rue de Courcelles à Paris, chez qui avait été le précepteur indiqué par lui aux parents alors que l'allemand s'en était allé en Écosse dans une famille, ce monsieur à la barbe noire lustrée que Jacques ne trouvait pas du tout belle, malgré que visiblement l'autre posât pour cet appendice de son mat visage, ce monsieur, pas maigre ni raide précisément, gardait un mutisme, quelque fausse solennité, il dégageait on ne savait quoi de réglé et d'obscur. Quoiqu'il parût ne s'occuper nullement de l'enfant, il le mettait assez mal à l'aise.

Mais, parmi les deux autres, que pouvait bien faire l'instituteur, si différent d'eux? D'ailleurs, aucun de ces hommes ne semblait tenir sérieusement à l'autre, et cependant ils avaient un air de gens s'associant un peu en dessous.

Et encore avec d'autres personnes venant au château et que Jacques comprenait, sous l'apparence du savoir-vivre, sans cordialité, il avait peu d'enjouement.

Un monsieur anglais avec ses deux filles et dont la femme chétive ne fut jamais visible, — on disait qu'il vivait séparé d'elle, — ce monsieur aux pans d'habit toujours comme près de partir, pareils à de fausses et vilaines ailes, ne se détachait pas de son costume dans l'imagination de l'enfant; un rougeaud en somme celui-là, à peau fade sous sa rougeur, à accent ridicule, — le précepteur, étranger lui aussi, n'avait pour ainsi dire pas d'accent et en tout cas nullement risible, —

à favoris pas naturels, à la personne gesticulante un peu en pantomime, et mêlée à des suppositions de faiblesse dans l'idée de Jacques, puisqu'il se laissait ostensiblement mener par ses deux filles. Et Jacques ne s'expliquait pas comment alors cet homme pouvait, à ce que l'on disait, se faire craindre de sa femme, être dur pour elle. Les deux filles, si opposées, ne le maniaient-elles pas, lui, tout à leur fantaisie ! L'une malingre, n'ayant plus guère d'âge déjà, quoique à peine dans les trente ans, d'un visage défait dont on ne savait s'il devait faire plaindre la personne ou en dégoûter ; et cette voix comme morte, d'une égalité désespérante... Pourtant on disait que la mère était bien encore et, quoique toute malade, non sans séduction pour un mari. Était-ce donc croyable avec une telle fille ?... et de cette mère point vue Jacques concevait une pitié curieuse... Mais l'autre fille n'était-elle pas vraiment en un sens plus déplaisante que sa sœur aînée ? Celle-là, avec ses ongles rongés, sa peau pleine, se prélassait fainéante, gourmande surtout, et elle ne manquait pas l'occasion de plaisanter son père, elle avait des façons de camarade de lui donner des leçons.

La femme d'un notaire de Paris et sa fille de plus de vingt ans paraissaient à l'enfant trop coquettes. Sans doute leurs toilettes étaient élégantes et leurs manières avaient une hauteur; elles devaient vivre beaucoup dans le monde ces dames, cependant Jacques hésitait sur le fond réel de ces manières, elles ne lui semblaient pas de vraies dames, comme lui concevait une vraie dame dans sa petite cervelle. Trop de frou-frou dans leurs robes, dans leurs airs, cela le déconcertait, et en même temps il les regardait, les observait. La mère n'avait pas l'air maman du tout, elle ne s'occupait pas de sa fille qui de son côté profitait de cette indifférence, jeune fille qu'on eût pu prendre pour une jeune femme presque hardie. Et la mère et la fille du notaire moins prétentieux qu'elles sous son vernis glissant, ces deux femmes, telles un peu que deux sœurs rivalisant tacitement, rehaussaient encore dans l'âme de Jacques sa mère. Dans ses poses de tête elle avait de l'oblique cette femme du notaire, et, comme quelqu'un qui aurait envie de bien d'autres choses, elle laissait presque entendre qu'elle venait au château par grâce, l'enfant du moins lisait cette idée dans toute son allure, qu'elle fût à l'intérieur ou dans les promenades traînantes par le parc, promenades où Jacques sentait que les robes seules passaient, sans entrain d'abandon de celles qui les portaient, et puis enfin ces toilettes de ces deux femmes lui éclataient telles qu'un luxe un peu menteur. La jeune fille quelquefois, mais quelques instants seulement, se rapprochait de Jacques, pourtant il restait toujours un peu un genre de condescendance, c'était aussi comme si cela ne devait guère se faire de se parler un petit garçon et une grande demoiselle, et en même temps il voyait dans ses yeux comme savants de bien des choses et évasifs qu'elle aurait pu lui en raconter long sur les amusements de la vie, amusements multiples ignorés de Jacques. Non qu'il fût désireux de les savoir, mais c'est la demoiselle élégante, bien proportionnée, assez pâle, discrète de paroles mais non pas d'attitudes, qui l'intriguait. Elle disait peu de mots, et son intonation avait une fraîcheur artificielle, ses

gestes avaient comme des intentions doubles,
triples, toutes façons qui prouvaient à l'enfant
une demoiselle tissue de choses un moment appa-
raissantes, vite reprises. Et elle n'avait pas mine
de se déplaire à ce jeu, qui lui semblait familier.
Malgré cela, ses yeux marquaient une inquiétude
dans leur clarté grise.

. Une autre dame avec sa fille venait moins
rarement. La mère avec ses anglaises, un air
s'inspirant à certains moments, se montrait pas
mal pédante, un peu une fausse poétesse ; elle
avait publié un volume de vers point célèbre,
mais malgré que ce semblant de poésie séduisît
plutôt l'enfant, il sentait bien, — et il le regret-
tait, — que ce n'était là sans doute qu'un semblant. Jacques eût souhaité lui aussi versifier, et,
n'y arrivant pas, il admirait ce talent chez cette
dame. Il n'évitait donc pas les entretiens de ces
dames avenantes, même empressées. La fille était
plus vive, brune, trop brune, certes pas chiffonnée
comme la fille du notaire, mais moins séduisante ;
ses façons sans grâce étaient dégagées, sans être
aimable elle plaisait ainsi. Cependant il y avait

dans sa voix quelque chose de maniéré, et ce ton de ses paroles voulant être poétiques à l'instar de la mère intimidait presque Jacques. Et justement il ne la concevait pas cette jeune fille de dix-sept ans, pour le reste assez enfant et pas du tout poseuse, il ne la concevait pas sans ce ton qui, le choquant toujours, l'empêchait de goûter à son gré les avantages, la société de la jeune personne. S'écoutait-elle donc, n'était-elle pas vraie dans ses imaginations ?... Son extérieur non élancé ni délicat ne concordait non plus avec son singulier débit de jeune poétesse. Il restera dans la mémoire de Jacques après des années la vision, confuse à peine, d'une après-dînée dans une allée du parc, vers la fin de l'été, après-dînée assise dans l'herbe, où les paroles entrejetées de ces deux femmes ne s'harmonièrent point franchement avec l'entour ; l'air s'emplissant de bourdonnements à des secondes, les mouvements pour un peu insensibles des branches la mère et la fille les ont gâtés par leurs phrases habiles.

Une chose tout importante pour l'enfant et sans qu'il y mît de la manie, c'étaient ses costumes. Les quitter pour de nouveaux l'ennuyait, le génait. Il n'aurait pu supporter une blouse longue. Les étoffes préférées et de beaucoup étaient celles qui cèdent au toucher, celles aux couleurs pas voyantes. S'occupant de lui pendant le lavage et l'habillage, le reste de la journée il n'y pensait plus. Mais il fallait que sa cravate fût gentiment nouée, s'il n'y parvenait pas il recourait à sa mère ou même à la femme de chambre, quoiqu'il lui plût mieux de s'arranger tout seul. Et dans la journée il repassait la main derrière la tête sur son col, instinctivement comme pour le baisser et combattre une tendance à l'engoncement lui venant de son père au cou encore plus court. Son vêtement donc faisait partie de lui-même, peu à peu prenait de lui, et il semblait à Jacques laisser quelque chose de soi lorsque, non seulement définitivement, mais même chaque soir, il le quittait. Cela dans une sorte de pudeur naturelle, inconsciente; il ne se serait pas conçu inhabillé. Jusqu'à certains plis auxquels il s'habituait, jusqu'aux endroits au besoin un peu râpés dont il était loin d'avoir honte; mais pas de taches, non plus que des pâtés dans ses cahiers, non plus que des éraflures énervantes à ses mains propres.

Avoir affaire aux domestiques lui coûtait. Et jamais il ne s'adressait à eux hautainement, rudement; il les évitait plutôt. En son dégoût d'eux, il y avait des degrés : la cuisinière avait plus de peine toujours à son fourneau, le valet de chambre au contraire sentait l'oisiveté, la femme de chambre volontiers minaudière voulait faire celle qui ne sert pas. Les domestiques, de temps en temps on les changeait et en vain. Dans les premiers temps de son mariage, la mère de Jacques avait eu une confiance exagérée dans sa femme de chambre, puis, indignement volée, des préventions lui vinrent contre toutes autres chambrières; à présent elle vérifiait dans les armoires.

Au château, le train de service était donc assez mal assuré, mais en réalité les gens n'avaient trop à faire, ils ne se montraient insupportables. Et le précepteur, au gré des parents et des serviteurs, représentait en une placide influence la concorde, il était celui qu'on fait intervenir et qui aplanit les difficultés.

Une allemande, qui n'est pas restée plus de quelques mois, fille entre femme de chambre et bonne à tout faire, Jacques ne l'a pas oubliée : grande, point trop forte, assez fraîche, de beaux cheveux blonds fournis et mal peignés, naturellement s'arrangeant dans un désordre. Et le précepteur avait, semblait-il, avec elle en lui répondant, car il ne lui parlait guère le premier et elle-même lui adressait peu la parole, enfin il avait avec elle dans ses réponses un air douteusement complaisant. Façons d'un homme qui retrouve quelqu'un de sa patrie, mais ne veut afficher d'amabilité. L'enfant sentait, sous ces façons de politesse presque aussitôt lassée du maître, une indifférence envers sa compatriote d'ailleurs très convenable. Elle restait à sa place, elle avait aussi un sans-façon sans tapage qui plaisait à Jacques.

Un soir on était parti, les parents et l'enfant, pour Paris, afin de se rendre de là à la propriété du notaire, près de Sceaux. Le précepteur était resté. A Meulan, on est monté dans un wagon de première aux trois places inoccupées. Dans le mouvement de l'express, à cette heure de nuit, sous la clarté jaune et vacillante de la lampe, ces hommes, des messieurs, presque tous à barbes sombres, à chapeaux haute-forme, ne parlant pas — comme si c'était concerté entre eux — ou alors par monosyllabes et à rares intervalles, préoccupaient l'enfant. Évidemment ils renfermaient en eux des choses. Ils devaient venir du Hâvre, de la limite de la terre que la mer baigne... Et le bruit du train roulant monotone et sourd, une grande heure, entretenait, creusait, amplifiait dans les yeux, les oreilles, la cervelle un peu peureusement chercheuse de Jacques cette immobilité presque muettement vague des cinq messieurs.

2.

— Au Grand-Hôtel, à Paris, où on a couché, ç'a été un va-et-vient. Ces corridors se ramifiant pareils et la porte de la chambre d'une difficulté moins amusante qu'ennuyeuse à retrouver parmi tant d'autres à la seule différence banale et réglementaire de leurs numéros, ces corridors, ces portes uniformes ont ôté à l'enfant le charme de la surprise de cette nombreuse circulation de gens, de lumières sur les boulevards et du personnel de l'hôtel rapidement actif avec des pas étouffés. Les toutes tendres années de son enfance à Paris dans un bel appartement rue des Pyramides, puis dans un logement moins gai rue Ménars, lui repassent, cette nuit d'hôtel, dans la mémoire, telles qu'un premier songe un peu inquiet, un peu trouble, mais cher, réapparu. Paris, c'est bien pour Jacques la grande ville agitée mais naturellement et toujours et sans heurts. Dans cette agitation plutôt en surface de la grande ville, il ne se déplaît pas, il y garderait une rêverie peut-être simplement plus active que dans le parc du château sous les nuages. Le lendemain de cette nuit au Grand-Hôtel, les parents, déshabitués de

Paris, gênés d'eux-mêmes dans ce tumulte, la mère n'aimant trop à se déplacer, reprirent le chemin de leur campagne, l'enfant point malheureux de si tôt rentrer dans la compagnie du maître.

La chambre du précepteur donnait dans la chambre d'étude, tapissée de bleu-tendre, par une petite porte en face du lit de l'enfant. De sorte qu'il ne se sentit jamais physiquement seul, la nuit. Mais, si le maître venait à ronfler, c'était chez Jacques une terreur, aussi cependant une rassurance. Au petit veilleur sous ses couvertures il semblait que ce long et gros homme choquait la nuit, plus profonde mais si noire sans lune, avec elle plus vaste et secrète encore. Quelquefois, quand donnait la lune, Jacques avait bien envie de se lever, de s'aller coller aux vitres de la grande fenêtre, en une inexprimable attente se perdant à travers l'atmosphère de poudre vers l'incommensurable ciel. Comme ça n'était plus du tout la même Nature que dans le jour ! c'était comme un monde qu'on n'aurait pas pu toucher... L'eau des fossés se renfonçait avec des lueurs qui coulaient. Tout se mêlait en des silences que l'enfant percevait diaphanes. Il respirait, le petit, allégé quoique craintif, et sans remuer guère. C'était partout comme une âme affaiblie et qu'il ne fallait pas déranger. Mais encore une fois Jacques ne se levait ainsi que rarement. D'habitude, sans sortir de ses couvertures, il se tournait de côté vers la fenêtre, il regardait de biais au dehors, s'égarant bientôt dans la blancheur bleuâtre tremblante d'étoiles — qu'il eût les yeux encore ouverts ou qu'il continuât dans le rensommeillement ce rêve des choses sous le minuit.

Que les heures contenaient donc de différences ! le matin dès l'éveil les minutes filaient, c'étaient des allégresses. La terre sous la rosée, sous le mol et lent envolement des vapeurs, achevait de se renouveler. Dans la journée, c'étaient des précisions pour ainsi dire obtuses. Au soir, Jacques n'aurait pu se dire à lui-même tout bas ses regrets inconnus.

En une animosité contre le sec ou le lourd, intuitivement il allait aux choses fines et tendres. Les chiens de chasse de son père lui déplaisaient par leur air coureur qui s'affole. Il préférait l'indolence fuyante du chat noir. Ses oiseaux, dans la chambre d'étude, sautillaient de bâton en bâton, ils mangeaient à peu près toujours, s'aiguisaient le bec, leurs cui-cui étaient perçants, ce n'étaient que des écervelés. La bête qu'il eût le mieux aimée, bien qu'il les sentît toutes un peu restreintes, c'était le phoque vu dans la toute enfance sur une plage normande ; l'animal flottait dans un bassin, y plongeait, reparaissait avec ses yeux bons et sa peau façonnée par l'onde. Et surtout certaines formes d'insectes, certains rampements lui répugnaient. Les pattes de l'araignée ventrue lui semblaient s'agriffer hideuses fragilement, il s'en reculait avec effroi mais n'aurait pas eu moins horreur de l'écraser. Ce qui vraiment conformait l'âme de Jacques, c'étaient les sveltes tiges d'une beauté ambiguë, le miroir près de se brouiller, mouvant des eaux, les étendues enfin qui s'indélimitent en des variations et s'indistinguent. Mais pourquoi, se demandait l'enfant des fois, ne participait-on pas, les parents, le précepteur, à la vie la nuit de la Nature?... tout alors était tombé dans un sommeil de mort au château. Personne ne parlait jamais de ce que lui éprouvait peut-être plus réellement sous la lumière argentine.

Dissemblables se marquaient en lui les influences originaires. Sa figure, d'abord plutôt ronde comme son père, s'était allongée prenant la coupe de celle de sa mère; quelques-unes de ses dents étaient longues comme à elle; cependant il trouvait les cheveux noirs bouclés de son père si jolis. Mais, tandis que ce dernier était de taille moyenne et que la maman, grande, avait de l'embonpoint, lui seul était mince. A ses mains d'une longueur étroite, pareilles assez à celles de ses parents, il ne savait quoi dans le bout de ses doigts aux ongles d'un pâle rose ressemblait à ceux de son grand-père. Puis, parfois déjà il se surprenait — plus souvent plus tard — certain accoudement, certaine voix ou sourire demi-mécontent, demi-résigné, pareil identiquement à tel accoudement, telle voix ou sourire de sa mère, comme si c'était elle qui agissait, revenait en lui et que pendant ces mêmes airs il devenait elle. Et ainsi son âme se sentait partagée, et elle se prolongeait nébuleuse en avant des parents, de l'aïeul. Bien en lui Jacques gardait un culte moins aux ancêtres ignorés qu'à Dieu, sorte d'idée mère.

Les soirs d'hiver, dans l'ancienne salle des gardes dont il ne restait plus que sur la cheminée des réductions de chevaliers en chêne et où le billard tenait le milieu, le père et le précepteur et aussi l'enfant qui ne voulait trop qu'on lui rende des points jouaient des parties en vingt-quatre. Le maître lent et grave en une égalité d'humeur, le père lui-même pris bientôt d'un rien de lassitude et alors se dirigeant vers la table au piquet dans un coin de la pièce. La mère se reposait se taisant dans un fauteuil, à demi veillante. Jacques comprenait s'atténuer les oppositions, les feintes. Paix des heures tardives. Et toujours comme fugitivement chagrin dans une insouciance, le petit soulevait furtif un peu du rideau à l'une des deux fenêtres sans volets, l'ombre nocturne lui était — tout en le faisant quasi tressaillir — devenue amie, depuis longtemps il avait pressenti qu'elle n'était pas étrangère à l'habituelle accalmie des habitants du château, le soir.

RESSOUVENANCES DE LICETTE

Le hameau du haut Jura, où elle a passé son enfance, est éparpillé autour du Molar — un gros rocher où aucune herbe autre que le serpolet ne pousse. Sur ce rocher personne que les gamins et les chèvres n'y vont, et la nuit au clair de lune vers la Noël et la Saint-Jean il y a une assemblée de fées tout au sommet à une petite place toute parfumée près d'une source, dans laquelle croît une mousse qui donne juste pour la Saint-Jean une fleur blanche en forme de croix et toute fragile. Du côté du Franois le lac, bleu en été, a ses bords plantés de joncs fièrement panachés, mais à partir de novembre la gelée le prend et c'est le rendez-vous des bons amis et bonnes amies pour y patiner. Au milieu, une jolie île ronde avec des sapins trapus centenaires ; un petit ruisseau que le froid ne peut arrêter jase sur son lit d'herbes mortes. Mais il ne faut pas, les jours de brouillards ou de grosses *mouches blanches*, trop s'y reposer... Il y revient des moines et des nonnes qui prennent les jeunes gens, les entraînent dans le souterrain qui passe sous le lac et va loin, bien loin... on ne sait juste où, peut-être sous le cimetière de l'ancienne abbaye de bénédictins.

Héléna, la petite de Lilie la veuve, ne quittait guère le lac. En été, la fillette tout en gardant ses vaches qui pâturaient à la Combe-tioulet ne pouvait se retenir de quitter ses sabots, son cotillon pour s'en aller dans les joncs dont elle coupait les plus beaux panaches pour en faire de jolis balais qu'elle « vendait bien » au *pattier* du Franois lequel les revendait encore mieux aux ménagères de Champagnol. Après sa première communion elle fut chargée du soin de la chapelle et chaque samedi elle s'en allait dans l'île chercher de la mousse, du houx. En hiver, là seulement, il n'y avait point de neige sous les sapins touffus et elle trouvait de quoi parer l'autel de Saint-Vincent, patron du hameau. Bien des fois sa mère voulait l'en empêcher, mais, dès que la Lilie était à sa *filette* tout occupée à filer dans la chambre à l'âcre senteur un peu capiteuse de chanvre tillé, Léna bien sûre que le fron-fron du rouet couvrirait le piaulement de la vieille porte s'en sauvait. Une avant-veille de la Saint-Vincent, le 21 janvier — il avait gelé dur tout le mois, mais depuis quelques jours le temps s'était radouci — malgré les avertissements du grand Gillet qui guettait le dégel pour la pêche, elle courut à son île, il lui fallait beaucoup de verdure, demain le P. Paget le curé et aussi son parrain venait dire la messe dans la chapelle. Elle prit donc ses sabots à la main et tout en chantant une vieille complainte d'amour elle sonda la glace, elle ne craquait pas. Léna partit tout heureuse. Elle allait sur les seize ans et croyait en savoir plus long que la vieille Josette. Vers les quatre heures le brouillard commençait à tomber. La mère s'en vint au bord du lac demander aux passants s'ils n'avaient point vu sa petiote. Du côté de la route la distance à l'île est courte — cinq minutes à peine. Elle se mit à crier. De plus en plus le brouillard s'épaissit, elle ne distinguait plus l'île, les gens se rassemblaient mais personne ne voulait se hasarder sur cette glace où on entendait par-dessous des glous-glous effrayants. Enfin le grand Gillet releva sa culotte, posa sa roulière, son tricot, et en chaussons il alla vers l'île avec des mouvements de bras et des précautions comme s'il eût marché sur une corde. A une dizaine de mètres on ne le voyait plus dans le brouillard toujours croissant que comme une barre noire, encore quelques secondes et on ne vit plus rien. Chacun criait. Un craquement énorme que les roches répercutèrent sourdement... On ramena avec des cordes le grand Gillet tout écorché et transi. Le surlendemain, pour la Saint-Vincent, ce fut la messe d'enterrement que chanta le P. Paget. Vers minuit la lune s'était levée, on avait retrouvé Léna les cheveux collés dans la glace, dans ses mains crispées des branches de houx. Depuis qu'elle a ainsi revu sa fille, la Lilie est folle. Elle ne cause plus à personne, passe ses jours à bêcher, creuser de profonds trous dans son jardin. Elle a quarante-cinq ans et en paraît quatre-vingts, ses cheveux tout blancs pendent en mèches brouillées. Les gamins qui se cachent derrière le *muret* disent qu'elle « prêche » toujours la même chose sur les moines et les nonnes du souterrain qui lui ont pris sa fille, mais elle fait leurs fosses et plus tard elle les enterrera tous à la fois...

Vers la même époque, à ses huit ans, Licette eût aimé être assise dans ces chaises virantes que les tourbillons du vent évident dans les verdures ou la neige ou même dans la poussière, y être emportée.

Grimpant des pieds et des mains l'escalier, elle s'est redressée sous l'éclat de rire du vieux Yad le père de la servante : « veux-tu bien cacher tes flûtes ! » Depuis, toujours en le revoyant elle avait grand honte, est-ce que ses jambes n'étaient donc pas jolies?...

Leur voisine avait eu son bébé il y a deux mois. Plusieurs fois par jour la fillette de douze ans allait voir curieusement cet enfant dont elle était marraine. Il était né chevelu, aussi la sage-femme lui avait pronostiqué une grande chance au petit criard. Malgré ses fins cheveux bruns et son corps dodu il ne cessait de pleurer. Enfin cette après-midi elle a trouvé son filleul dans son berceau, ses petits bras qui s'agitaient hors des langes et ses yeux ronds bruns et brumeux encore, levés au plafond; râlant presque de trop rire, tout ce petit corps en émoi voulant s'élever à la vision bienheureuse. Sa mère, le sein offert, passait et repassait sa main devant les yeux de l'enfant qui les reporta tout sérieux et étrangers sur la figure maternelle devenue jalouse de cette première joie « qui ne riait pas à elle. »

VISITATION STÉRILE

Jacques est revenu en Bretagne dans la ville de bains du premier amour, au bout de quinze ans dans la trentaine. La pluie de mars tombait fine, s'éternisant; elle semblait vouloir noyer ses souvenirs. Licette qui l'accompagnait pestait contre ce pays qu'il lui avait dépeint séduisant. Ils s'installèrent quand même pour deux mois auprès de la mer.

Un ancien batelier, dans le canot duquel il ramait jadis, ne songeait plus maintenant qu'à éviter de manger de la salaison, à dégraisser le bouillon apprêté longuement, il ne maniait plus guère les avirons mais s'obstinait à pêcher — obstination méchante contre les poissons qu'il assommait d'un coup dur comme il retirait d'un coup sec du fond de l'eau la ligne si le bouchon bouge. C'était simplement la carcasse gourde du batelier d'il y avait quinze ans. Aujourd'hui il se croit un objet d'envie dans le pays, parce qu'il garde la propriété d'un riche absent, un objet de ridicule aussi à cause de ses infirmités. Un tableau dans l'antichambre de ses maîtres — des cartes et une bouteille vide sur une table dans un intérieur d'ouvrier — l'obsède. Il faut qu'il vive en compagnie de ce tableau, il n'y a pas... « Voyez-vous, la bouteille renversée tachée de lait de chaux, c'est censément moi avec l'écume qui me vient à la bouche quand je tombe du haut-mal. Vous pensez bien que je ne bois pas plus qu'à ma raison... Mais c'est pour me vexer qu'ils ont pendu ce tableau-là... » Et ces terreurs communiquées à Jacques le font désirer s'écarter de ce batelier, et pourtant il n'ose, il craindrait de le froisser. Lui et Licette l'invitèrent même à dîner. Ce n'est pas sa faute à lui si on ne lui a pas appris à lire et à écrire, il leur raconte aigri, il serait arrivé comme un autre dans la marine. Et il parle des poissons, connaissant leurs ruses, « chaque espèce a la sienne, allez... il y en a qui sont malins, va, ils tournent autour de l'hameçon et décrochent l'amorce, jamais ils ne s'y prennent... » Eux, à ce langage du batelier en somme assez content de lui, risquaient des approbations.

Au bureau de tabac c'est la même femme avec la même bonne. On sent que la boutique c'est leur royaume, la seconde mal soumise à l'autre. Pas commode la maîtresse, aux joues pleines et tombantes, au visage respirant une santé sans couleurs. Jacques entend la même voix impersonnelle dans son égoïsme qu'il y a quinze ans. La bonne, dont il se rappelle maintenant le teint échauffé, l'a aujourd'hui un peu plus échauffé encore. Et il sort dans la rue, chaque fois qu'il va à ce bureau de tabac, un peu plus confondu de cet arrêt en quelque sorte du temps par rapport à de telles existences. Et cependant on le dirait attiré dans cette boutique comme chez des phénomènes.

Le curé avec son dos gras, rond, ses épaules hautes et sa figure nourrie et rentrée, quand ils se rencontrent, il semblerait près de s'arrêter. Et comme Jacques simplement passe, ce prêtre les fois suivantes prend un air moins de cautèle que de dédain, presque insolemment dévisageant mais de côté toujours les deux promeneurs.

Et le médecin qui l'a soigné autrefois, Jacques l'évite plutôt. A quoi bon parler du passé?... pas plus que le curé, ce médecin n'a ignoré son amour pour la jeune dame, et Licette n'est pas sa femme légitime. N'est-il pas plus avisé d'éviter des explications mixtes, insuffisantes, mensongères? Pourtant plusieurs fois ils se frôlent le médecin et Jacques. Leurs yeux se dérobent à l'angle de leur vision, cela comme d'une commune sous-entente. On dirait aussi, quand ils se croisent, que leur vient une envie mutuelle de sourire de ce biais tacitement convenu. Il semblerait presque à Jacques n'être pas sûr de la réalité, de la positive vie de gens à qui il lui échoit comme fatalement de ne s'adresser plus. Il ne sait quoi s'interpose entre lui — d'une destinée quelque peu à la dérive — et ce curé, ce médecin. Ou n'est-il pas, lui-même ne le pourrait dire, devenu autre?...

Une après-midi, il est allé seul dans le jardin du sémaphore, d'où l'on domine le moins incomplètement le fleuve à son embouchure. Quelques arbres là verdissaient frêles, c'était dans l'air un murmure hâtif. Jacques marchait, et, dans les tâtonnements de ses pas comme de sa mémoire, il regardait vers l'église à la laide coupole où il avait prié jadis aux côtés de la dame, il regardait de préférence vers le fleuve dont l'eau en bas, par derrière des morceaux de murs, entre des toits, paraissait frémir imperceptiblement sous une écaille de froide lumière. Et il demeurait sous la vue de sa désillusion... Pourtant elle avait été, à cette époque-là, charmante. N'avait-elle pas, alors, renfermé son rêve? il n'avait pas, dans l'enthousiasme de ses seize ans, imaginé une main plus mince, une taille plus souple, une voix plus riante. L'allure de la femme, aperçue de loin dans la rue ou sur la grève, avait ce qui dépasse toutes les formes et reste indicible. Tandis qu'il repasse

les mois vécus là en une relation suivie et réservée
de jeune homme à peine, de garçon achevant **ses**
classes, — il la revoit telle qu'il la sait être à
Paris, plutôt indifférente toujours envers lui, honnête femme aussi, et certes pas engraissée, pas
ridicule, mais une femme comme les autres, sans
un cachet d'étrangeté. Et dans cette comparante
mesure par lui de celle qu'il avait crue si supé-
rieure et de celle qu'aujourd'hui il connaît pour
ce qu'elle est, il se prend à sourire de lui-même.

Et Licette et Jacques s'en allaient à la pêche
aux guitans avec le batelier. Jacques regardait
leur peau d'un brun de métal dédoré et muqueux.
Licette bientôt grimpait sur des rochers bordant
la rivière, elle n'aimait à y voguer longtemps.
Elle cueillait des *raquets*, comme ils appellent dans
son pays ces fleurs d'un gris vineux, parce qu'elles
font ce bruit si on les écrase. Le paysage demeurait attrayant pour Jacques, sous ses aspects
changeants il recélait son mystère.

De Paris, fin 87 — mai 88.

UNE APRÈS-MIDI

En revenant de l'hôpital Tenon, parmi la foule
sans caractère, au mouvement et au bruit sans
rhythme, dans la mauvaise haleine des rues, nous
avons été attiré par le blanc de cristal si peu
verdi des lentilles d'un vitrail d'église, éclat fragile apparu soudain et détonnant dans cet ensemble. L'église elle-même était d'un lourd, fade style
jésuite. Et on n'en aimait que plus la particularité
en quelque sorte d'eau symboliquement teintée
de ce vitrail non peint, d'autant suggestif en une
apparente simplicité avec son vert léger et mou-

rant. L'âme s'y épure, s'y noierait; mais déjà, à travers cette discrète transparence, elle s'élève vers l'Ineffable.

Et traversant la cour intérieure du Louvre, les statues dans leurs niches se montrèrent piteuses sous des lambeaux de poussière. Comique antiquité en ce négligé d'oubli. Car enfin ce faux velouté n'est pas une parure, et elles sont plus tristement nues ces femmes sans même le charme d'un grelottement sur leur pierre grise.

Puis sur la terrasse des Tuileries, une femme encore jeune, enceinte, s'en allait. Plus loin, cette personne de modeste allure porta son mouchoir à ses yeux, et alors un passant — soi-disant comme il faut — de se retourner, de paraître en rire. Elle, continuait s'effaçant dans le silence de sa peine.

Et nous descendions vers le bassin. Le soleil, à l'entour de l'Arc de Triomphe, dispersait, envieillissait ses ors. L'un des hermès étonnait de s'encore garantir d'un bras le visage contre la fatigue finie de la lumière. Dans le bassin, indéfiniment frémissant à une place hors des cercles de la chute du jet d'eau, s'indistinguaient les reflets des verdures et des nues, et, à mesure que le liquide ensevelissait ces supérieures réminiscences dans le dormant métal en lequel il se configurait, plus lentement semblèrent voguer les cygnes gris noirâtres — gardiens de la nuit de ces eaux à une seule place d'une agitation maintenant un peu mystérieuse comme le rose qu'il fallait presque deviner sur le bec de ces cygnes.

Boulevard de Clichy un matin du haut d'un tramway, stupéfiant sur le bord du trottoir le maintien inquiet, indifférent ou morne de ces gens, leur numéro à la main, et presque tous étriqués dans la contingence d'une attente vers leurs utilités. Faces défibrées, congestionnées ou pâlottes, postures désaccordées sans plus l'engrenage de la vie matériellement occupée. Bonshommes se désagrégeant dans leur oisiveté, sauf à se pousser aussitôt grossièrement les uns les autres quand retentit en une tremblotante stridence le sifflet du conducteur de l'omnibus, qui les emportera à leur destinée sans valeur.

Et en face presque du cimetière Montmartre contre le mur un mendiant était comme collé, mannequin sordide; un autre à genoux embouait ses genouillères. Rigides êtres qu'on dirait contremander par une nargue leur désolation.

Attendant dans un fiacre Jacques, pendant que le cocher caressait son cheval, lui parlait, Licette manifesta son étonnement. — « Ah! dame, il y a des cochers c'est de vraies brutes, ils tapent dessus et après une course quand la bête est en sueur ils donnent à boire, ça, voyez-vous, ça les tue encore plus que le travail. Mais moi tel que vous me voyez je ne suis pas heureux non plus, tout corpulent que je suis. Il n'y a que trois mois que je fais le fiacre et je ne gagne pas des mille et et des cent, ma femme est malade, voilà bientôt un an depuis que nous avons perdu notre garçon d'une maladie de poitrine... à vingt-quatre ans, c'est dur, allez! quand déjà nous l'avions réchappé trois fois... il a eu toutes les maladies le pauvre enfant, enfin que voulez-vous il faut prendre son

mal en patience! si encore ma femme guérissait...
je vois le moment où je vas rester seul. J'ai cin-
quante-huit ans. Dans les maisons bourgeoises,
quoique j'aie de bons certificats, on me dit vous
êtes trop vieux, c'est vrai ça, quand on a pas du
bien au soleil ou des rentes sur l'état il faudrait
pas vieillir. Je ne peux pourtant pas me tuer...
Celui qui m'a mis sur cette terre me reprendra
comme il voudra. Je ne vais pas à l'église, depuis
la première communion de notre garçon et puis
son enterrement je n'y ai pas mis le pied, mais
comme ma femme me dit le matin quand je m'en
vas « prends patience mon vieux, pas possible
que dans l'autre monde on aye pas satisfaction »
mais en attendant, dame, c'est dur, bien dur. »
Ses mains étaient enflées, crevassées, il dit à
Licette de ne pas faire attention s'il secouait toujours ses épaules « c'est que j'ai été mouillé plus
de quatre fois, j'ai attrapé des douleurs. » Il
caressa encore son cheval, monta péniblement sur
le siège en répétant : « ah! je suis vieux, c'est dur,
bien dur. »

Dans l'espace bleu cendré la lune va, en un glaceux un peu de diamant qui au bord rogné s'azure. Par le petit rond de verre du télescope, Licette voit une grande nappe gelée et éclairée comme par-dessous d'une lumière électrique, un lac calme et traître, car par endroits des taches où la glace se serait fondue dorment grises et ternes. Mais la lune passe et sur ses bords déchiquetés elle s'avive d'une clarté froide, des bulles de glace comme un ornement se détachent.

Ce matin, dans notre chambre, une tulipe blanche au cœur jauni mais si pâlement m'a exhalé une odeur acidulée par delà la satinée enveloppe de cette odeur. Et elle s'ouvre à trop de chaleur et on la sent pudique, la fleur, en sa refermeture désirée dans la chambre plus douce-ment tiède.

Dans un restaurant, — triste, pas décidée,

Licette se raccrochait à un pied qui se balançait, un pied nerveux prêt aux voyages dans les pays imaginés. A qui ce pied? l'angle du comptoir lui en dérobait le possesseur.

Certaines pièces de monnaie, elle éprouvait le besoin de s'en débarrasser comme si son regard, ses doigts les lui révélaient empreintes d'une mauvaise influence.

Depuis seize ans elle n'avait plus pensé à un jeune homme qui n'avait alors que quinze ans et elle quatorze. Ils n'étaient pas camarades, elle ne le rencontrait qu'aux vacances d'automne et peu. C'était un grand garçon un peu efflanqué, rougissant et baissant ses yeux bleus foncés comme une fillette. — Cette nuit dans son rêve on remettait à Licette une lettre pliée en équerre encadrée de noir. Elle brisa un large cachet noir à armoiries compliquées, il n'y avait que ces mots: *Pourquoi ne venez-vous pas aux Pyrénées? C.* Elle ne fut pas surprise, tout de suite elle reconnut l'écriture de Charles qu'elle ne connaissait pourtant pas. Il ne lui fixait point d'endroit mais elle était sûre de le trouver. Elle ne sait par quel moyen prompt elle arriva dans un lieu très élevé. Des rochers gris, découpés, où grimpaient de rabougris et noirs sapins, le ciel était couvert et très bas, le sol glissant jonché de feuilles de hêtres rouges. Elle rencontra des paysans à la queue leu-leu en braies et grands chapeaux plats, tous portaient une brassée de gentianes fleuries. Près d'une hutte de branchages, assis sur une pierre les pieds ballants sur un petit étang noirâtre, Charles l'attendait. Il était plus petit qu'autrefois, maigre, ses cheveux et son teint avaient bruni, elle le trouvait très beau, il ne lui parla pas, la serra seulement assez fort. Les derniers paysans qui descendaient vers le hameau le saluaient avec un grand respect. La température bien qu'en hiver était d'une douceur engourdissante. Tout à coup il la prit dans ses bras comme un petit enfant, avança dans la terre et l'eau noires, la déposa dans l'étang. Elle n'avait pas peur, mais l'eau fade et âcre lui entrait dans la bouche — cela seul était pénible. Toujours muet, penché sur elle il la regardait avec des yeux infiniment doux. Elle se sentait s'en aller et aurait voulu prolonger ce délicieux supplice. Mais il la reprit, l'emporta dans la hutte. Ses habits tout à coup se trouvèrent secs. Dans cette hutte il y avait des animaux étranges — mais rien ne la surprenait, — des grenouilles énormes lui léchaient les mains en sautant de joie, des lapins blancs avaient pour poils de petites plumes toutes frisées, de petits phoques se frottaient aux jambes de Charles en demandant des caresses. Ils attendaient l'ermite qui devait les unir, aussitôt après ils seraient transformés en ce qu'il y a de plus parfait et ils jouiraient pour jamais de la vie la plus enviable. En lui disant cela, Charles lui prenait les mains, passait à son doigt un anneau composé de pierres rares, chacune de ces pierres avait une vertu. Elle était très heureuse. Un éclair aveuglant la réveilla.

Un autre rêve de Licette. Un petit lac rond, d'un côté des rochers croulants où de vieux hêtres comme fatigués étendaient des racines verruqueuses cramponnées à des pierres moussues; de l'autre côté un marécage où à travers une mince couche de glace perçaient de fins joncs, l'eau sous cette pellicule fendillée, arabesquée circulait lente, glouglouatante. Partout ailleurs des plaines rases à perte de vue. Dans cet endroit qu'en réalité elle ne connaît point, elle se trouvait avec six couples d'amis de son enfance la plupart morts aujourd'hui. Tous étaient gais, on avait de seize à dix-huit ans, on se fiançait et la vie était longue, longue. Elle était seule comme mise à part, gaie aussi mais d'une gaieté concentrée que sa figure traduisait chagrine. Deux par deux ils patinaient rieurs, les habiles de leurs patins marquaient des chapelets, écrivaient le nom de leur amie. Toute seule sur une des pierres moussues, elle bouclait ses patins avec des lenteurs inexplicables, avec une joie..., quand tout à coup — et de cela elle ne fut pas étonnée — un craquement, des cris. La glace s'était rompue et dans l'eau les six couples avaient coulé. Son fou rire la réveilla, la mâchoire distendue.

PAYS RESSOUVENUS

Blankenberghe, presque mêmes soirs de fin d'été. — D'après Licette. La digue de briques au long des villas s'en va s'amincissant au phare par la perspective vers les dunes aux verdâtres changeants. La plage large et longue de sable fin blêmit. La mer, mollement battante, presque bleuit froide. Les plaines comme une nappe immense d'eau calme se perdent dans une brume sans teinte précise, des maisons isolées semblent mouvantes dans ce mirage, et le niveau de ces plaines s'abaisse, s'élève sous les regards insistés. Sous le ciel plafonnant, entre les plaines et la mer en quelque sorte abîmées, les gens sur la digue se dispersent en maigres virgules. — D'après Jacques. De l'extrémité de la digue, les plaines plus basses se dissolvent on dirait en brumes fondues. Elles s'étendent, entre cette digue continuée des dunes point trop hautes et au loin les tours, les clochers de la ville de Bruges. Ces érections filées, ces pointes se lignent, indications elles-mêmes un peu vagues de l'humaine architecture, seules fixes dans tout l'entour : l'immense mer moins ondulante sous l'envahissement nocturne, mer que bornent sous son influence les dunes d'un vert perdu non vraiment immobiles en leur sable lui aussi un peu onduleux, les plaines enfin fluidement blanchâtres et stagnantes d'où émergent quelques fermes telles que des arches presque solides. Dans le silence fraîchi du crépuscule, le murmure des grandes eaux marines continue de mourir.

Quinipily au Morbihan. Sur son socle de vieux granit, au-dessus d'un petit pré d'un vert herbu, que troue aux pieds du socle un abreuvoir, tandis qu'en ces jours de printemps un taureau y paissait, taureau d'un blanc argentinement grisé me faisant songer à l'Espagne, à ses jeux sanglants, là règne une Vénus-Isis. Autour ou plutôt derrière, le terrain s'échelonne, la déesse s'adosse à une légère colline ne lui ôtant pas de perspective précisément, ne l'isolant non plus. Et le taureau bientôt me fit penser à l'éternel mâle qui se veut assouvir, au dieu des mythologies moins lumineux encore que dévorant. Cependant la bête broutait en des mouvements brusques, son mufle ramassé, brutal ne daignait se lever vers la vieille divinité de pierre. Les habitants, à l'archi-vieille langue inviolée, bégayent imbécilement le nom de la déesse. Elle se tient, les coudes serrés aux côtes, les jambes collées, amenuisée, la figure ronde, plate, piteusement enfin elle trône, parmi ce reste de château devenu une ferme et dans la reprise de la nature, cette dernière elle-même irrespectée, car les paysans mettent en coupe les chênes, les hêtres de la colline.

Le charme des marées est surtout, alors qu'elles

se sont retirées furtives, de prolonger notre regard dans le lointain de la ligne indiscernable des eaux, et cela en une expectation de leur vaste retour plein à la fois de soudaineté et de monotonie.

RÊVES DE JACQUES

Il a rêvé cette nuit qu'une poule noire le poursuivait obstinément, elle était plus grosse qu'une poule ordinaire, en place de tête c'était dans le col coupé un trou tel qu'un œil vidé. Dans l'appartement, des meubles et même une ou deux personnes gênaient ma fuite tournaillante. Et je me sentais triste avec une sorte de rage de ne pouvoir échapper à l'affreuse bête. Pourtant je ne me laissais, quoique presque frôlé sans cesse par la poule et pressentant sur moi ses griffures et en souffrant déjà, je ne me laissais saisir.

Dans un autre rêve, il se trouvait sur les ex-

trémes gradins du haut d'un très grand amphi-
théâtre à jour et se scindant en proportions toutes
inégales. La scène était vide encore ; la foule attendait, distraitement animée. Le quartier pour
ainsi dire où je me voyais confiné, presque perché,
se composait, se tassait de malades en blouses, en
robes d'indienne, des bandeaux à la tête, comme
de gens d'hôpitaux, et ces hommes et ces femmes
assis pêle-mêle, plutôt un peu courbés, regardèrent
malveillamment vers moi — ce bourgeois tout en
noir qui se tenait à gauche, comme en dehors de
leur dernière ligne. Vite je devinai une sourde ru-
meur grondant en leurs poitrines, et déjà leurs
figures se tendaient vilainement foncées sur moi,
contre moi. Et pour les fuir, avant qu'ils me dési-
gnassent avec une précision indubitable — car il
ne me servirait plus de rien tout à l'heure, je le
sentais, de me ramoindrir à ma place — je me
coulai tant bien que mal, derrière ces hostiles
êtres, le long des dos de la rangée la plus haute,
et je me faufilai enfin dans un couloir à angles et
couvert. Mais là une clarté blanchâtre gênante me
fit aussitôt craindre d'être rattrapé. De seconde

en seconde s'accroissait ma peur, maintenant terreur qu'on me pût découvrir. Et me compénétrait, à travers la mince cloison du couloir heureusement sinueux, l'anhélation de la foule grommelant en trouble.

Il était cette nuit en rêve dans le Luxembourg avec un ancien camarade plus rencontré depuis longtemps, où quand nous faisions notre droit nous aimions à nous retrouver pour lire des pages des grands poètes. Mais dans ma nébuleuse vision fébrile le jardin s'était aplani, étendu en un solitaire espace, il ne restait plus qu'une supposition de fantômes d'arbres n'empêchant pas de marcher ni de voir. Notre allure avait une langueur morbide. Ma forme je la percevais toute grêle, et je regrettais que mon ami eût gardé de son apparence d'autrefois un peu épaisse malgré ses si bonnes manières et sa très savante intelligence. Et, comme nous causions vainement, ne pouvant nous communiquer que la certitude de notre double isolement l'un à l'autre impénétrable, je me clamais malheureux, je me sentais en train de m'évanouir en une irrémissible douleur pleurante.

Et autour de nous les brises étaient comme mortes.

C'était cette nuit aux environs de la place de l'Étoile, au détour d'une rue aristocratique et un peu isolée. J'entendis tout près une voix sans familiarité et qui ne me causa aucune surprise, comme si déjà auparavant j'avais désiré l'entendre, pourtant cette voix m'était littéralement inconnue. « A quoi vous sert-il, me disait-elle, d'avoir ce calme et de voir les choses, si vous passez ainsi sans un mot de commisération?... » C'était une personne de dénomination difficile, à la fois humble et sage. Les lucides yeux d'un gris mat, au pudique cerne un peu brunement rougi, avaient une profondeur de vérité, ils s'en ressentaient doux, transversalement ils se coupaient d'une indicible gaze de transparence obscure. Le visage d'une matité comme décolorée disait une souffrance résorbée en des pensées. Et les mains, blanches d'être pures, semblaient marquer qu'elles n'étaient point oisives, en leur apparence d'une blancheur mêlée de noirâtre. Vêtue de gris, le costume de nulle importance, elle n'était pas une enfant, pas une naine, bien qu’elle fût si simple, petite et singulière, et toute préoccupante. Elle ne me rappelait rien d’éprouvé jusque-là. Bien au fond, sa signifiance avait un obsolète charmeur de quelqu’un hors d’âge et apte à des presciences. Si, pensai-je au réveil, j’allais la rencontrer un jour! mais non, comparant la vision de songe et le souvenir laissé d’elle, déjà je la sentais s’évaporer mal retrouvable dans les limbes de la mémoire éveillée.

En se retrouvant par hasard dans la posture précédemment observée chez quelqu’un dont les sentiments d’ailleurs vous avaient plutôt échappé, il semble aussitôt que votre âme non seulement perçoive ces latences, réellement réalise à cet instant ce que l’autre dut éprouver alors. Ne serait-ce pas une preuve que le visible des êtres tienne adéquatement à leur fond, que l’un et l’autre sont identiques?

Cela contraint de voir diminuer en soi l'estime pour quelqu'un à qui l'on doit de la reconnaissance.

Il est de ces gens dont l'incommodant regard vous donne une impression de passer réduit méchamment dans leur cervelle.

Des fois le tout petit enfant, les très premiers mois, la face levée, pieds et mains en l'air, les poings fermés, les yeux tels qu'une vitre embuée, a la physionomie indiciblement balbutiante, comme d'un infini heureux. Si alors on essaye de lui donner une caresse, il est manifeste que cela le distrait désagréablement; même la présence de sa mère semble de trop, elle le dérange de cette muette expansion avec ce que nos yeux émoussés ne savent plus discerner dans l'atmosphère pour le baby éthérément peuplée de choses supérieures pour nous absentes.

Peut-être notre chatte noire aux yeux de chrysoprase cerclant deux variables perles noires, chatte se coulant inentendue, câline et défiante, au long des choses, et dont la belle fourrure a sur les bords des reflets roux, aime à s'arrêter, s'accroupir sur la tablette de la cheminée presque contre la pendule, afin que sa rêverie somnolente soit en quelque sorte réglée par le bruit caché dans cette boîte, bruit d'une fixité mobile.

Mon pantalon cette nuit m'a inquiété, resté jeté sur un fauteuil. J'avais rallumé la bougie. Ces jambes : déviation, affaissement, vestige factice non pas tant peut-être de mes personnelles jambes disparues que d'une forme différente se dénaturant, déséquilibrée, imprécisément suggestionnée.

Bruits horrifiquement lents et lourds des voitures de vidange, quand dans le lit on s'éveille, gêné de ce criard des pavés ébranlés, secoués. Le dormeur, qui d'ordinaire rêve, s'imagine dans un enfer hallucinatoirement accru par l'obscurité de l'heure qui elle aussi s'éveille à peine. Ce mouvement cahoteur trouble ignoblement, dans un fracas sourd, assourdissant et affolant, les dernières ténèbres matinales. Et l'épouvante de l'odeur devinée par dedans et par delà le tonitruant de ces voitures.

Sur l'asphalte des Champs-Élysées, sous la lumière électrique, je marche précédé de mon ombre étrangement double. Une ombre noirâtre s'enclave dans l'autre pour ainsi dire de verre, comme si l'âme avait glissé dans l'externe forme et qu'au cœur il ne fût resté qu'un vide obscur. Et il me semble souffrir dans ma longue ombre dédoublée, qui, fuyante, rase l'asphalte laidement, froidement blanc, un peu sale. Alentour, des ombres tronquées, fourchées, tortes de branchages défeuillés oscillent rigides.

Cet homme à peine dans la quarantaine, d'une maigreur point fine, déjà grisonnant, la barbe clair-semée sur les côtés et se ratatinant à la pointe, les orbites bridées entre les yeux atones non déshabitués de luire, cet homme maladivement leste, habillé de bien des jours, des fois avant que je l'aperçoive il m'arrête, familièrement me cause comme reprenant un entretien interrompu de la veille, le verbe appuyé vitement dans sa bouche démeublée, sans transition il repart, et je reste une seconde à regarder ce dos qu'on dirait fuir vers de ces affaires qui ne se manquent. Cependant le camarade eût souhaité pour lui-même sans doute ce qu'il me disait de quelqu'un : non pas manger, il n'y tenait guère, mais absorber du liquide... il préférait cela.

Dans le salon d'attente d'un grand journal, un homme dans les cinquante ans, aux grands et longs membres émaciés, restait assis, le buste s'inclinant, au bord du canapé en face de moi. La figure avait ce décharnement qui déjà s'effondre presque. Les manches tirées et la redingote haut boutonnée, on les sentait devoir dissimuler l'absence de linge. Les yeux, pas précisément baissés, regardant en face un peu au hasard, racontaient les mécomptes éprouvés, en vain prévus toujours. Dans le maintien non dur se marquait une lassitude au delà de l'énervement, sans plus d'impatience. Quand enfin arriva, rêche, le journaliste sollicité, notre homme se dressa debout, un peu incliné encore, en une sorte d'humilité dégoûtée.

Au café de la Régence, une après-midi, comme nous y entrions un peintre et moi, nous vîmes, dans un coin, attablé devant des papiers un homme encore jeune, assez fluet, le gibus sur la tête, en habit, et cravate de satin mauve, l'air blond et pensivement posé, le teint pas décati; nous observions cet homme de bon ton en somme. Il discontinuait d'écrire, s'y reprenait. A la boutonnière s'étalait une décoration de même teinte que la cravate, fleur ou ruban on ne savait. Le peuple, me dit le peintre, les appelle, vous savez, ces messieurs-là « les embaumés. »

Pour ma part, je m'intéressais à un minimum, capital au fond, d'incertitude que je croyais découvrir dans cet individu moins affecté peut-être que déguisé et triste.

Aux Champs-Elysées, d'un vieux beau me précédant de quelques pas je ne voyais, en sens ridiculement inverse des pensées de derrière la tête, que les cornes cosmétiquées de sa moustache.

Une déjà vieille femme, dont le nez assez contradictoirement retombait un peu tel qu'un bec qui serait mou.

Dans un magasin de vin, la voix de la marchande me semblait sentir le bouchon et concorder à la peau terne de cette bourgeoise de quarante ans assez soignée.

Avez-vous remarqué que des gens qui vous déplaisent et vous disent des choses contrariantes, on les écoute parfois presque complaisamment? On se mettrait même à dire comme eux, à ces minutes, avec un mélange de bonne foi. Au fond de vous pourtant une voix, personnelle et étrangère confusément, vous réprouve.

Certains parfums, on les sent d'une finesse aiguë, mais recouverts comme d'une mousseline; ils vous arrivent blutés en quelque sorte, et on craint qu'ils s'éventent.

Il est beaucoup d'oranges à l'écorce granuleuse, colorée, en somme commune. Quelques-unes sont lisses et amorties dans une moiteur. Dépouillés, des quartiers d'oranges de provenance asiatique semblent une lumière contenue, jour d'ambre mat, jour odorant.

Les pétales de l'eucharis, en coupe fragile, ont une blancheur ombrée d'une humidité, luxueuse, d'où s'exhale fier un parfum pareil. Au cœur, un discret feu bleu dure, paisible.

Sous mon regard qui oscille devant un œil-de-chat, rue Royale, passe dans le milieu gris-pâle de la pierre précieuse, entre l'un des côtés brun-

jaune et l'autre d'un vert paludéen, passe fanto-
malement une ombre tout oblongue. Et elle fait
mine de se scinder, et ce n'est plus qu'un four-
millement menu, dejà elle se remêle, dans mon
immobile vision, à la pierre noyée qui s'éclaire
vague.

A une autre vitrine d'orfèvre, trois diamants
groupés, — le troisième un peu au-dessous, que
surmonte un saphir d'un bleu outremer. Cette
triple pierre lumineuse à l'eau non diaphane
s'unifiait, pour moi, en un foyer de famille bril-
lant d'une pureté qu'on ne viole point. Mais le
saphir sombre dominait, spacieusement seul.

A la vitrine d'un laboratoire de pharmacie.
A un point d'un petit bocal de verre vide s'était
posée une verte lueur mal miroitante; elle in-
quiétait de s'approfondir un peu trouble dans
d'autres bocaux pareils derrière. Auprès, un
ballon tubulé contenait un minime résidu de
poudre d'argent comme glacée. Dans un autre
verre étroit, assez long, de la gomme foliacée

avait une terne apparence de corne. Mais je m'éloignai, presque m'enfuyant, les yeux offusqués de noires pillules qui font songer à de hideux et louches poisons.

Aux caveaux du Panthéon, dans le rond couloir où le gardien conducteur, sa lanterne à la main, fait se ranger à la file les visiteurs serrés, la basse voûte décrit une courbe uniformément tournante. L'écho de la voix du gardien roule et retentit. Et ce bruit absurde répété et cette curve pierre nue, lisse, fadement blanchâtre vous laissent ahuri de leur fuite illusoire.

PAYSAGES PARISIENS

Quelques fois, sous un ciel clair d'hiver, dans la Seine plus grise que verdâtre, les troncs des arbres plongent leurs ombres; elles se font place, songeait Licette, telles que des baigneuses; l'eau les mouille sans les traverser. D'autres fois, on dirait, songeait Jacques, que flottent à peine, sous l'eau, de minces lames hyalines inimprégnables.

La Seine aujourd'hui, sous une fine pluie éventée, roulait jaunâtre avec des replis d'ombre se violaçant dans une, pour ainsi dire, sournoise transparence. A des escales de pierre qui servent à mener baigner les chevaux, l'eau se brise, elle fait halte, se voudrait délasser, on dirait; il s'y forme des vaguettes, de longs plis se creusent à peine, ces ondes hésitantes se bercent, puis tout, par instants, se redérange comme contrarié en un remous vite perdu. Et ainsi les eaux, là, se reprennent moins qu'elles ne s'égarent. Ondulations dolentes qui s'entrejoignent, finalement s'inachèvent.

Parmi le nitide de la neige sur les pelouses des Champs-Élysées, les ombres des troncs d'arbres restaient couchées, ombres un rien bleuâtres, douces, moins transparentes encore que voilant la blancheur sous elles d'un mat de velours.

Les statues des fontaines de la Concorde, ce matin, étaient pareilles à des nègres plus noirs dans l'ampleur congelée de leurs manteaux. Le jet d'eau, courbe à leur arrière, prêtait à quelque figuration chinoise.

Aux bassins du Rond-Point, entre des morceaux de neige qui lentement se dissolvent, c'est, la glace fondante, un verdâtre cristal imbibé; on le sent se ternir. Aux jets d'eau, des larmes gelées pendent, intérieurement brillantes.

Sous un ciel triste d'après-midi, dans l'eau dégelée et terne d'un de ces bassins, le reflet du bas jet d'eau en touffe avait une blancheur de glace coulante.

Sur la stérile neige, au Jardin d'Acclimatation, de jolis canards blancs, point trop gros, aux menues pattes jaune-orange, s'illuminent comme en dedans. Sorte de lueur fondue en ces corps de plume inagités et qu'on dirait qui se renflent.

Ce matin-là, l'air non encore pleinement clarifié, la Seine gardait des charmes douteux. Le noir mal goudronné des chalands contre l'eau verte, chalands immobiles ou filants remorqués; les cercles d'eau contre les piles de pierre adoucies, surtout les ombres d'un violet noirâtre sous les arches, sorte de luxe qui se cache, se va ensevelir dans un vert neutralisé, et enfin des reflets d'arbres tout au bord qui semblent veiller moins qu'encore dormir, et, par-dessus tout, près de la Samaritaine, des matités d'eau paisible, presque unie, qui à peine remue par intervalles et si légèrement se secoue en un frissonnement délicieusement frileux. Puis, une bouche d'égout verse son ocre sale, enflée, de dedans le mur du quai, sous la Conciergerie; on songe à une exhalaison liquéfiée de toutes sortes de crimes, dissolution ultime des pestilences de ce Palais de Justice qui s'en vont vers l'Océan. Et les toitures pointues et les tours rondes, sous la brume qui se dissipe, réapparaissent implacables, murées, sèches comme les codes.

Sous des arches de ponts, quelques pierres d'un blanchâtre un peu de moisissure parmi les autres noires sembleraient, tandis que file le bateau, phosphorescentes à peu près comme du bois pourri qui s'éclaire.

. Matin. Entre des pans de murs de maisons, au-dessus de portions de terrain inculte, une fumée céruse de cheminée d'usine floconnait lente vers le ciel de brume pâle où apparut soudain, voguant, mal caché un globe d'une semblance moins de soleil que de lune. Et cette tache vaguement luisante s'effaça vite, rentrant dans l'étendue haute et plane du ciel. Au long de l'avenue d'Iéna, les cimes d'arbres d'un roux violacé buissonnaient en une sécheresse terne. Plus loin, presque au-dessus de la Seine, de grêles fumées d'usines encore se fondaient insensiblement dans le ciel, lui-même par endroits d'un argentement fondu. Le fleuve d'un verdâtre légèrement mati fluait en une hâte ondoyante, tournoyant entre des bouillons derrière les arches.

Par cette après-midi de fin de mars, sur la place de la Concorde, dans ces rafales de vent contraire et chaud et mouillé, rafales interrompues, reprenant, arrêtées, repartant en quelque sorte vers les nuages, c'étaient par instants de courantes rides sur les flaques d'eau à terre, de rares passants plutôt discords, la main au chapeau, les basques des habits retournées ou les jupes liantes; dans le ciel, un drame éclatant et obscur : là-bas des amoncellements de nues un peu se cartonnant en leur dorure fausse, au zénith des morceaux durement sombres, d'un autre côté au loin des étendues d'argent violâtre amorties, diminuées vers l'extrême horizon entre de fines lignes de branches noirâtres. L'œil volontiers revenait, presque au-dessus de la place même, à des blancheurs unies, intimement fondantes, steppes sur lesquels passaient avec lenteur de petites nues effilochées d'un grisâtre fluide. Autour de nous, des voitures filaient agaçantes, les fiacres quelques-uns assez rauquant leur ferraille; et l'obélisque, d'un rose décomposé, déconcertait de sa fixité inébranlée, droite. Seuls les clochers de Sainte-Clotilde s'étaient mis en un accord avec le génie de la scène : les minces fentes de leur pierre plus grise semblaient, en leur montante décroissance, mystiquement voir du fond d'un ciel ancien.

Ce soir, du Rond-Point, sous la pluie au moment du coucher du soleil, dans une des contre-allées les lignes noires non encore indistinctes des cimes d'arbres un rien mouvantes reculaient vers l'orient lointain du ciel d'un bleu presque de magie.

Ce lundi de Pâques, premier beau soir de printemps, je regardais de la place de la Concorde le soleil disparu dans une pourpre, à gauche de l'Arc de Triomphe. Il s'estompait comme dans une brume déteintée. Au-dessus, à droite, les roses des nues s'étaient endormies dans une pompe violette d'instants en instants se réduisant en une évanescence lilas pâle au profond des cieux.

Ce soir, après une intermittente journée de grêle et de soleil, du pont de l'Alma, à gauche du couchant, quelques nues massaient leurs cimes touffues, presque ténébreuses, qu'auréolaient des ors trop éclatants. Puis, c'était, un peu plus à gauche, un coin rare de cristal d'un imperceptible bleuâtre déjà grisé; de minimes nues y restaient indécidément vaguantes, veloutant encore leur lilas frêle.

Ce matin de mobiles nuages, à l'endroit large du lac du bois de Boulogne, l'eau en mouvement s'enfonçait moins entre les verdures ne se prolongeant pas dans elle. Du balancement des cimes de pins sourdait un murmure, il s'enflait, s'étendait, devenait quelques instants l'âme du lieu. Et des gouttelettes de pluie entretombèrent fines, comme suspendues et aussitôt résorbées dans l'atmosphère se filtrant. Sur le lac un cygne blanc avançait vers le promeneur, puis devant sa main vide et inutilement aimable il s'est détourné dédaigneux, continuant de voguer.

Ce premier matin de mai, sous un doux ciel de pluie timide, on ne pouvait s'arracher au parapet du Pont-Royal. Derrière les arches, après les quelques moutonnements là de l'eau, la Seine continuait, entre l'agitation brisée de ses petites ondes, en des plaques polies, assez recueillies, au lent ondulement. Et ainsi le fleuve communiquait à l'âme l'indéfini tremblement glissant de son silence.

A travers le paravent en vitre, sur la terrasse d'un café du boulevard, les arbres bourgeonnants prenaient, leur tige au bas comme dissipée, un presque pâle allégement d'impondérables sur le ciel d'un bleu vague. On eût cru les pouvoir traverser, et ils apparaissaient, avec leur taille aérienne, tels que de surprenantes visions souhaitées d'outre-monde.

Au cimetière Montmartre, ce matin, le ciel bleu, dont le soleil non encore vertical faisait autour de lui le vide plus clair, ce ciel demeurait de cendre à l'extrême fond. Immensité presque crue, plus désolante sur les frais feuillages. Et elle barre les étoiles.

RELIGIOSITE

La silencieusement vide Notre-Dame, ce matin,
je l'ai mieux sentie, sans même la griserie de l'en-
cens. Du fond de la nef, on s'impressionne des
séculaires piliers qui se succèdent, l'œil s'arrête,
erre sur ces froides, pâles rondeurs non trop longues, forêt de mânes, surtout l'on se trouble de la
position du chœur inclinant un peu à gauche.
L'absente forme du crucifié s'évoque, on la per-
çoit emplir le vaste sarcophage non réellement
déserté de l'agonie plus qu'historique. Et des vitraux s'épand un jour de demi-ténèbres qui la
continue, éternellement moribonde. Dans les

bas-côtés, les murs, les voûtes s'éclairent par endroits d'un vert pallide disant d'enlinceulés espoirs. Hors de la cathédrale, je levai les yeux vers les emblèmes là-haut sur la plate-forme aux pieds des tours, emblèmes un peu de sabbat, figures de bêtes et de diables, ironiquement prédicantes en leur mutisme de pierre. Jamais lasses, elles regardent la ville qui superficielle ne sait plus leur sens, elles plongent sur la menue foule tout en bas indistinctement grouillante. Originelles, fatidiques figures!

Un autre matin à la Morgue et à Notre-Dame. A ce mort, un journalier, le nez s'est aminci en une arête isolée et désolée sur la face se cavant, se resserrant toute, sans que précisément elle s'étrique. Cette longue figure, assez jeune encore, garde une pâleur froide entre les cheveux et la barbe d'un noir sans lustre ni ternissure. La misérable vieille, étendue auprès, on dirait que ses cheveux continuent de grisonner; les orbites seules des yeux manquants ont une laide rougeur passée; le reste du visage est blafard fadement. Et le nez a au bout un commencement de turgescence spongieuse. Entrant ensuite à Notre-Dame, je fus, le seuil franchi, arrêté, en cette subite pénombre mystérieusement vaste ; en face la porte d'entrée latérale, la rêverie s'enfile vite, s'alentit dans l'étroite avenue d'un des bas-côtés. Et j'écoutais, comme de presque plus loin que les murs d'ailleurs se dissimulant, des sons vaguement filtrer dans cet espace aux architecturales lignes compliquées, un peu et délicieusement confuses. Puis, m'avançant vers la grande nef, je voyais des rais de poudre grise descendre de biais à distances à peine inégales des cinq carreaux inférieurs des vitraux de l'abside, soudain remonter ou s'effacer et revenir. Et le son lointain diminuait ou s'allait accroître, en un imparfait accord inattendu et heureux, selon ces apparitions indéterminées des rais de poudre grise. Intangible harmonie de cette mouvante ombre à l'étouffée lumière et de ces exhalations mourantes. Une âme s'irrésolvait dans la cathédrale non plus déserte.

Une après-midi de carême à Notre-Dame, le donneur d'eau bénite nous laissait une admiration un peu intriguée de sa rembranesque apparence en sa logette éclairée d'un petit cierge collé sur le bord, centrale lueur chancelante de ce coin d'ombre de la cathédrale. Entre la toque sombre sur les légers cheveux gris en broussailles et la belle barbe inculte s'argentant en une minime dorure, la maigre face à petites rides du vieux se reculait presque telle qu'une image, il tendait le goupillon avec une réserve aimable et prudente. Nous qui ne nous mouillions pas les doigts à l'eau sainte, nous nous sommes demandés si c'est qu'il craignait d'être refusé ou plutôt s'il n'était pas, à part lui, d'une autre croyance.

Surtout quand on sort de la Morgue, les arcs-boutants de l'abside font penser à des côtes décharnées, à des ossements blanchis. Cependant la régularité de ces arcs ne permet guère l'idée émotionnante d'une vie passée, elle rappelle l'inflexible loi. Et la flèche s'élève au-dessus des platitudes et des vanités ou de la misère des vivants.

Ce matin de bonne heure à la Madeleine, appuyé contre la boiserie tout au fond, je regardais les vieux rites s'accomplir devant un nombre restreint de fidèles. La chasuble d'une blancheur argentée du prêtre officiant là-bas au maître-autel m'entretenait dans la pensée des albes légendes célestes. Sous le jour un peu indécis tombant des trois petites baies en cercle du plafond de cette fausse église composite sans caractère, quelques gens qui passaient seuls devant moi me parurent marcher dans leur courte ombre flottante sur les dalles. En cette indétachable division d'eux-mêmes, elle les reliait de façon obscure, drôlement sinistre au sol, à l'en dessous caché, elle les accompagnait, pour un peu les menait bizarre. Et je songeai enfin qu'un être sans plus d'ombre serait hors nature, oui le miracle de l'absolu isolement. L'unique unité ou Dieu n'existe pas, elle est essentielle en son ubiquité indivisible. Mais aussitôt en Dieu il se communique à l'âme redevenue simple et infinie une pudeur adorante.

Exiguë mais exquise jouissance : suivre dehors, soi-même en deuil, une jeune femme en deuil, mieux que point commune, escortée de son mari, la suivre en une admiration évidemment inutile, et peut-être la faire rêver quelques instants, en sorte qu'elle et le suiveur contractent à leur insu, dans la fugitive région du désir, de mystiques noces noires.

Intensités d'une simulation inquiétante : sous le chaud soleil, d'implacables ombres d'arbres se traçant comme en une crispation sur le sol ou semblant moins ceindre que presque corder des fûts alentour; dans l'air lourd du plein midi, des flammes de bougies dans des candélabres apparaissant plus brûlantes en une rigidité de glaives; en toute saison, dans des cours d'eau que des barrages font dévier un moment, des rapides comme inentamables semblant, en leur dévalement qui se creuse, se métalliser vertigineux.

MORTEFONTAINE

Sous le tumulte des nuées, dans le parc, le long de l'étang avant qu'il s'élargisse entrecoupé d'îlots, nous étions gênés, pourtant presque retenus par l'odeur s'exhalant non plus fiévreuse, effluves comme de consomption lente. L'eau entre des plaques d'un limon à efflorescences douteuses semblait presque dure. Tout au commencement, elle est d'un vert herborisé selon les plantes dont est semé son lit, mais très vite sur les fonds invus elle se fait noirâtre. Par intervalles sous des coups de jour elle se tachetait de violets bleus au miroitement livide. Sous des souffles la nappe se plissait funéraire. Près de la rive, un hêtre aux racines un peu renflées et croisées, au massif tronc grisâtre, ne donnait pas signe encore de sa feuillaison prochaine, il étalait ses branches vers le sol qu'elles rasaient et elles se raccrochaient en de secs et souples entrelacs. A des places, l'étang feignait de mirer des fûts un peu inclinés, on eût dit des miroirs poudreux, anciens. Sur un monticule de sapins aux basses branches telles que des éventails baissés, sapins entremêlés de pins rougeâtres, et où se détachait un seul bouleau à la blancheur verdie et aux petites feuilles naissantes, le vent à travers ces verdures tamisait une plainte, elle s'épandait soyeuse et, tandis que des vagues de lumière inondaient le sol sablonneux tôt r'assombri, j'écoutais s'en aller sur l'étang en bas cette voix soupirante. Elle rebaisait, refrôlait les eaux plus qu'endormies, pareille peut-être à une mémoire passant sur une étique forme que des frissons reparcourent. Plus loin, dans un petit pré, un bœuf de son mufle levé, tendu humait le renouveau, un instant il a tourné vers moi la tête, puis je l'admirais reprenant sa blanche immobilité placidement flaireuse des sèves dans l'air. Et de préférence à tout, ce matin-là, nous entendions dans la campagne le vent, cet invisible qui intimement remue dans les solitudes.

Ce n'est jamais les choses goûtées dans leur plénitude, envisagées de face, qui retiennent. Ainsi précises, elles lassent bien plutôt, elles surchargent.

Voilà pourquoi, même dans le pittoresque des visions de la nature, il y a un attrait spécial aux pays frontières, où le costume différencié des douaniers, des soldats ôte un peu du commun de cette livrée officielle. Et l'on n'est pas encore ou l'on n'est plus dans ces pays qui d'autant s'étendent, s'illimitent en avant ou en arrière de nous. Sur le point même de la frontière c'est comme s'ils se donnaient un baiser plein d'équivoques. Ces hommes apostés qui veillent, scrutent, fouillent : une paix — on dirait — toujours prête à se rompre.

Voilà pourquoi encore rien n'égale la fascination défectueuse, plus touchante de certaines figures de Primitives en leur naïveté. Vierges qui ne peuvent pas parler d'amour et pourtant gardent une fidélité présente, toujours retrouvée, lorsqu'on les r'interroge fidèle soi-même à l'interne splendeur de leur âme pas éclose.

Voilà pourquoi aussi rien, dans l'impersonnelle Nature, ne m'a enfoncé un souvenir plus doux, presque douloureusement doux — l'extrême joie si passagère n'allant pas sans une pointe fine de douleur — que certaines aubes fraîches de fin d'été sur le Rhin, où le coteau en face sur l'autre rive se toufflait d'une brume fluescente, tandis que sur le fleuve nocturne encore glissaient des moires duvetées d'une buée, et qu'au ciel seul s'éveillaient du fond même de l'infini des lueurs humidement grises — d'un gris si peu flave, comme fanées déjà.

Voilà pourquoi enfin rien ne serait si lugubre et si cher que de recueillir dans les yeux d'une mourante, yeux presque ternis et errants vers la toute proche grande absence, un suprême aveu d'amour.

Et enfin encore, on s'enthousiasmerait de quelque grande actrice éprise de ses rôles et qui refoulerait tout au fond d'elle son amour pour un inconnu vivant! avoir un coin dans ce cœur de femme à l'âme intermittente.

Ne vous est-il pas arrivé de croire rencontrer dans l'apparence, distante encore, d'une femme ou même d'un homme un linéament, je ne sais quoi de fugace marqué à l'innommable effigie rêvée? et puis, la personne se rapprochant, l'illusion se déformait, le véritable masque survenu vous mettait en présence de quelqu'un de plutôt déplaisant ou tout à fait indifférent.

Cela chiffonne Licette de marcher derrière les gens, il lui semble respirer leur traînée pour elle non impalpable.

ART

Au Louvre. — Primitifs. — Dans la Vierge du Savonarolien Botticelli, avez-vous vu le côté ecclésial de la peinture ? combien la manche du manteau raidit sa large courbe. Le blanc voile transparent non sans reluisances, à plis un peu empesés et tendus, à franges d'or, a d'un voile de tabernacle. Et jusqu'aux roses d'un rose flave comme insérées dans les auréoles filigranées, ces fleurs d'un joli d'artifice dans leur vérité, on les dirait s'inspirer de l'ancien catholicisme d'Orient.

Dans cette Vierge du Pinturicchio, toute l'expression de la figure un peu penchée à droite est souriante à peine, plus que la bouche seule qu'on dirait finement close. De son œil d'un gris bleu d'innocence elle surveille l'Enfant Jésus qui trace quelques lettres, un encrier en urne dans l'autre main. Sur une tempe de la Vierge quelques cheveux blonds non foncés traînent fuselés, exquise élégance négligée et ignorée chez cette pure aux doigts d'idéalité à ongles ovales. Et son manteau d'un bleu sourd sur la rouge robe et vive et déteinte semble plus recueillir la Vierge presque exsangue.

Ces hommes de Luca Signorelli ont bien les défiances et sèches et cauteleuses, rencontrées par moi en un voyage sur les confins de la Ligurie et de la Toscane dans le peuple des petites villes, des campagnes. Dans le tableau les figures reculées, visibles par parties, comme apostées dans les entrefentes des personnages réunis du premier plan, restent dans une pénombre réalisant difficultueusement au dehors leur suspicieux caractère. Les mains gantées de blanc de l'homme au turban gardent une apparence plâtreuse, elles foncent le reste de la peinture, et de la figure de droite se retournant en un profil douteux les trois mèches tortillées retombent sur le haut de son dos plus noires, comme pour quelque maléfice.

Cette Vierge — écoles d'Italie xve siècle — au teint noirci, à la tête ronde s'affinant au menton, aux cheveux d'un roux lisse, aux arcades sculptées sans presque de sourcils, tient un Jésus à la pose et à l'air de salamandre. Renfrognement si vrai qu'il ne déplaît point dans cet enfant primordial. La mère, sans se contraindre, lit de loin dans un petit livre pieux mouillé et enfumé à terre. Et on remarque son rouge corsage vibrant sans éclat entre la capeline qui l'entrecache, cette Vierge assez secrètement sourieuse, dans un bleu aux froids espaces d'ombre calme.

Dans le tableau de Juste d'Allemagne, le ciel d'un bleu vert moins dur peut-être que pâle est d'une acuité telle qu'elle se ferait amère si elle n'était si fine. Les personnages ne se dérobent pas sous leurs longs vêtements foncés ou apparaissent, ainsi que le reste de la peinture, en un ton d'or gris. C'est d'une dignité recueillie et franche. Dans le geste de la seule femme là, se trahit une irrégularité modeste. Peu importe la scène précise, l'Annonciation. Ces moines et cette Vierge gardent une rigidité. Et dans ces auréoles, cette mitre, ces robes de pâle or, d'un incertain bleu si peu violâtre que frôle une glaçure d'argent, se cloîtrent d'angéliques rêves.

Dans ce charmant petit Memling du salon carré, je reste à la robe feuille-morte écussonnée de noir, à celle à côté d'un vert humidement tendre près de jaunir. Les femmes, elles, me paraissent peut-être un peu animalement chastes.

Dans le Jean-Baptiste de Donatello une analogie avec le petit primitif peint d'un italien inconnu du XIVᵉ. Ce dernier a le regard haut et droit, une écharpe de velours scabieuse recouvre à demi une épaule, teinte en accord avec les lèvres. Malgré cela je préfère la sculpture. Le bras a trop l'air en bois dans le tableau, et l'expression a beau séduire par un étonnement d'extase, la facture est déplorablement sèche. Chez Donatello au contraire le marbre s'anime dans une luisance, la bouche n'est pas trop entr'ouverte, le petit nez vibre fin. Et toute la tête se dresse sur un mince col, sur une nuque plate, elle se dresse recte et pourtant aussi inclinée à peine, en un air insciemment ingénieux.

Dans le bon Samaritain de Rembrandt, une musique de lumière dans l'accroc de lueur jaune-soufrée sur l'épaule du second porteur et dans l'illuminement discret jaune-orangé du Samaritain. Pénible et espérante alternance simultanée, et c'est comme une agonie non sans entr'ouverture de possible félicité. Mais l'enfant surtout attire, l'enfant à la tête développée, baignée d'un jaune de couchant; il s'élève à une compréhension du malheur en présence du malade qu'il porte, il le regarde d'un œil hésitant, son expression garde un malaise contenu — reste d'égoïsme refoulé. Et la scène passe, un moment s'arrête dans je dirai un crépuscule d'affliction, vraie teinte d'âme voilant jusqu'à la curiosité des gens aux fenêtres. Il semble enfin que l'initiale et atroce haine de l'homme contre l'homme ait, à cette heure mélancoliquement pénétrante

du soir, cédé à un apitoiement devant la souffrance.

Dans les disciples d'Emmaüs, le Jésus charnel
semble mal revenu de la mort. Tout le sépulcral
visage s'illumine d'une inconnue lueur blanche
qui aurait transgressé les lois de la lumière. Et les
cheveux se sont séchés à leur racine, et la bouche
reste creuse, et jusqu'aux yeux relevés dont le
blanc bleuâtre indique la cessation de la vie.
Mais, à cette rencontre avec ses disciples, les
yeux fixes du Christ se lèvent douloureux vers le
Père et la bouche priante n'use plus de paroles et
la figure sans plus d'illusion dépasse les cycles de
l'histoire.

Dans la Vierge au rocher du Vinci, de l'embru-
mement marbré d'une partie de l'œuvre il résulte
ce prestige que le Jésus, le Saint-Jean saillent
pareils à des fleurs de cuivre. Le manteau de
l'ange prend un ton minéral vert-jaune, ici, là
rouilleux, plein de sollicitations maladives, presque perverses, n'était celui qu'il recouvre, dont

6.

d'ailleurs la posture serpentante paraîtrait contre-dire la pureté. Et la lumière des personnages s'accorde, lumière entre l'éclipse et le resplendissement, avec les singulières mains de la Vierge : l'une à la peau comme flasque et dure, sorte de têt symbolique, enveloppe rudimentaire et multiple, artistement féconde enfin en ses enroulements de coquille ; l'autre fléchie surtout à l'index en un charme quasi d'incorrection et moins attachée que courant sur l'épaule du Saint-Jean protégé de la caresse de ce bras de la Vierge, protection que magnifie l'endrapement bleuâtre un peu obscur.

Dans les robes de la Vierge et de Sainte-Anne, robes d'un bleuâtre pâle, les tachetures grisâtres qu'a faites le temps vont glisser on dirait, même s'effacer. Et ainsi elles se rattachent à l'œuvre, à la pensée sans doute du Vinci, ce ne sont plus des taches, elles adornent plutôt les robes maintenant prêtes à un deuil de rêve.

Dans le Sommeil de l'enfant Jésus de Luini, il

y a une dégradation des demi-teintes et des ombres qui fait rester en une indécision moins rieuse que profonde les deux figures de bambins, serviteurs ou anges, portant l'un un coussin dont on ne distingue guère que le gland, l'autre une banderole; au premier plan un autre tient un lange. Dernières préparations vaporeuses au sommeil de l'enfant que sa mère porte encore et précieusement, en je ne sais quelle noblesse amoureuse, porte au-dessus d'une couchette plutôt dissimulée au bas du tableau. Déjà l'enfant sommeille, et les mains de la tendre mère semblent moins immobiles que couvantes, mains d'une grâce languide, joliment s'allongeant et dont l'un des doigts se dérobe, se voudrait fondre sous un pli des langes transparents de son fils. Ce premier plan de la peinture baigne dans une rêvante lumière, et cela présage que l'enfant, pour dormir, n'entre pas, ne peut pas entrer dans la nuit. Ce n'est, ce sommeil du petit Jésus, par-dessous et par delà ses yeux clos en une ingénuité un rien grave, qu'une vision plus clairvoyante, inconnue de tous autres. Et le visage de la Vierge moelleusement ovale, le front vaste, les grands yeux baissés laissant tomber de leurs paupières la magie de leur ombre fluide, font oublier l'habituel type de femme de Luini, d'ailleurs tout délicieux ; ici, ce semble une physionomie raréfiée en une dilection heureuse de mère qui veille, en une sérénité qu'adombre cette vigilance.

Dans le tableau du Beltraffio, la Vierge, sous une imperceptible gaze noire, garde une apparence timide et fauve. Une incivilisée qui décidément ne s'apprivoise. Son regard vous suit, fallacieux en ce sens que sa pensée vous échappe ; et elle continue à vous étonner. En ses gestes de maternité, elle a d'une femelle délicatement paysanne. Cependant, en son retrait elle se témoigne curieuse, la tête s'incline un peu en avant ; la farouche a quelque inexploré désir. Enfin, il réside dans l'intensité errante de cette physionomie comme un appel, à la frontière des possibilités qui tentent, appel modestement indéfini.

L'Infante Marguerite de Vélazquez. Quel charme d'un luxe sobre que déjà la robe seule, au ton gris d'argent éteint, par coins d'un bleu de perle morté, aux arabesques de dentelle noire sur les coutures et aux nœuds rose saumon. Et la petite reine, anémiée sous sa coloration tiède, avec ses yeux en cercle d'un bleu grisé, sa tempe gauche bosselée et cave, sa bouche presque exagérément rougie, se tient telle un peu qu'une poupée spectrale, malgré la tombée envolée de la chevelure blond cendré si légèrement bouffante, effilée, ample, dont les ombres transparaissent presque glauques.

Dans la *Réunion d'artistes*, c'est une gamme de poses pleine de science. Ces attitudes à elles seules parlent. Ni figées, ni agitantes, elles entretiennent, préoccupent l'esprit. Coiffés ou non de leurs bas chapeaux à grands bords, ils se tiennent debout ces treize hommes, rapprochés ou un peu écartés, causeurs discrets, point confidentiels ; leur sérieux sans guère de bonhomie se ferait moqueur, et certes ce rien de distinction non raide, sans nulle gêne, leur est innée. Celui-ci tout en écoutant paraît réfléchir et regarde devant lui, peut-être au loin ; cet autre relève la tête à peine, tête qui de profil semblerait un masque se cernant concave ; l'une des jambes d'un autre vu de dos se croise ; ce bras retombe volontaire, cet autre bras indique en une gracieuseté, ce bras d'un troisième salue du chapeau levé ; le maintien de cet autre en guêtres, en ceinture roulée large, en collerette, nu-tête, dénote une aisance non sans grandesse en son penchement appuyé sur sa canne. Le plus remarquable de tous bien sûr est le gentilhomme à gauche, le peintre lui-même, tout en noir, la manche pendante en aile, le long visage s'affinant encore sous la moustache et la royale, la main sur l'épaule du voisin en une amabilité fière. Et les vêtements pas trop amples, comment dire leur harmonie brun-amadou, rose-pêche, gris-bleu, nuancements mats d'un haut goût.

Dans *la Leçon* de Fragonard, ce n'est pas la taille un peu et joliment se renversant droite sans précisément de raideur de la jeune joueuse blonde presque naïve, en robe de satin blanc à plis cassés, à ombres verdâtres ; pas la tapisserie, comme défraîchie délicatement en son jaunâtre tempéré, du fauteuil d'où s'envole mal et si gracieuse la gaze vert d'eau ; pas le piano sanguine passée : ce qui intrigue, c'est l'assez hybride bête affaissée et veillante près de la mandoline qui s'allonge rondie, elle fait penser moins encore à un chat par les yeux, à un singe par le poil ras du crâne sphérique, à une chouette par les oreilles, par la nuance fauve, qu'à quelque chimère. L'artiste, en des boudoirs du temps, sut élégantiser la nature, il avait surpris dans elle de possibles déviations malignes.

Peut-être dans certains dessins, l'âme de l'artiste se montre-t-elle comme spiritualisée.

La vieille femme de Dürer, simple hôtesse ou grand'mère, le sourire de sa bouche en accord avec ses yeux d'une fine bienveillance, est guillerette presque, honnête à coup sûr et point commune. A une tempe, l'ombre portée du madras se pose dans un repli, y crée une mouvante perspective. Toute la tête se modèle sans sécheresse dans sa sorte de transparence, elle se renouvelle incessamment de vie avec une pointe d'aménité.

Cette jeune femme de Rogier van der Weyden est mixte d'attirance. La tête se voit de trois quarts, mais son inclinaison marquée lui donne je ne sais quel air de presque éluder, le haut du grand front uni et large va se perdant dessus et par delà les yeux qui se fendent un peu en pointe vers les tempes, yeux grand ouverts, mais regardant en une obliquité plutôt baissée. Le nez est droit, non trop long. La bouche aux molles lèvres vives garde une souriance équivoque. Du côté opposé où penche ce visage qui ne vous regarde point et vous trouble de son insoucieuse attente sans une ombre de sérénité, la chevelure se coule en natte se voulant dérouler on dirait, on la sent blonde, d'un blond inqualifiable comme l'âme même de cette extrêmement féminine figure.

Écoles d'Italie du xve siècle. Des sourcils recourbés, point touffus, assez longs, abritant le regard dardé, du nez aquilin, vraiment praedal, dont les ailes accentuent leurs cernes, on reste moins surpris, en face ce puissant crâne hypertrophiquement inaltéré de vieillard, que de la barbe non pareille. Elle entrelace de filamenteuses cornes, elle les tresse quasi, non sans netteté dans une sorte de blondeur grise. Et elle s'étale magnifique sur le manteau à plis amples d'où exsurge cette tête survivante.

Dans une tête de femme spécialement sibylline du Vinci, le nez a une légère mais décisive courbure au milieu, les sourcils cintrés se haussent comme n'enclavant plus l'orbe des yeux de la voyante, et sous la bouche d'esthète étrangère aux sensualités se marque un mol retrait en pénombre si heureusement caressant le menton sans cela trop inflexible. Et cette tête sans emphase s'enguirlande des anneaux de ses cheveux presque indistincts.

École de Léonard. Ce jeune visage de femme, — la tête encapelinée, les fins cheveux coulant au long d'elle en cascade, — a un nez court, élargi et un peu aplati au bout où se matérialise la songerie causée par les yeux très fendus, miclos, le droit envoilé, par ces prunelles mêmement filant de côté, yeux moins énigmatiques il se pourrait que mystifiants.

D'après deux photographies de Braun.

Dans la Madone et l'Enfant de Botticelli de la galerie nationale de Londres, ce qui me confond c'est l'air ingénument calme de la vierge. Elle allaite son enfant sans le délicater, en une impassibilité native. L'enfant lui-même semble un gros petit animal charmant, il tette de confiance. La mère, une vierge laitière, regarde, comme l'a dit Hugo de la vache, vaguement quelque part. Mais d'autant plus exquise. Encadrée d'un voile étoffé, frêle qui sur la lourde chevelure en ondes blondes descend le long des épaules, surmontée d'un disque d'ombre, la tête du plus gracieux ovale allongé dévie imperceptiblement sur le cou flexible, les sourcils s'écartent entre l'épine large du nez, la bouche reste bonne sous les lèvres un peu charnues et onduleuses, surtout le regard un rien trempant vous captive par sa proximité incertaine. Et les mains molles et souples se développent en des doigts d'une imprévue courbure aiguë et suave. La pensée enfin s'enroule aux boucles, presque aux cornes mignonnes et troublantes de l'abondante chevelure des deux anges priant aux côtés de la Vierge au moelleux galbe. Et, plus on se pénètre du sens de cette œuvre, plus la Vierge garde l'inconsciente beauté d'une source qui sans se tarir nourrit. L'enfant se rattache, en un prime élan, à cette source, et les anges, leurs mains jointes ou ramenées sur la poitrine, se penchent, discrètement abritant la mère un peu comme debout sans fatigue et le nourrisson sur ses genoux dans ses mains enveloppantes.

La jeune dame dite la colombine de Luini du musée de Pétersbourg, on la croirait sortir de vagues fonds semés de plantes d'eau. Sur sa blanche chemise plissée et lâche, constellée de broderies et à grosse agrafe à perles sur la poitrine, une draperie est nouée négligemment. Dans l'une de ses mains la dame garde couchée une branche de jasmin, presque pareille à celle posée entre ses genoux. De l'autre main relevée s'élève sur son épaule une tige, comme invisiblement offerte de derrière elle, tige roidement fine et se recourbant vers ses petits calices. La figure de la dame, souriant du regard à l'enivrante fleur, semble une médaille amollie. Et en haut d'un côté, une plante grasse grimpante s'étoile, un peu s'allonge en grappe; de l'autre, de longues et dentelées feuilles de capillaire apparaissent en un rayonnement suspendu, se perdant dans le noir. Devant cette quasi-végétale création, on songe à la pariétaire toscane, la protégeante herbe de la madone; surtout à la fougère, plante solaire et aussi érotique, qui « la nuit de la Saint-Jean laisse tomber sa graine, fait pousser, s'ouvrir les boutons et s'apprendre tous les secrets. » La dame elle-même on la suppose en chemise et sans doute pieds nus, selon le rite prescrit pour ce minuit révélateur.

Dans une photographie d'un tableau de Goya — charriage de matériaux pour une construction — une haute tour-ronde monolithe se dresse assez sombre, elle semble le plus vivre, dominer la scène; plus près, une pierre cubique, allongée, en une pose d'oblique horizontalité sur un chariot que des bœufs tirent, laisse une impression de cercueil éclairé et plus triste, oui cette figuration morte est intense dans sa blafarde lueur. Des échafaudages plus loin entrecroisent leurs lignes assez minces, quelques touffes de pins exsurgent dans les intervalles de ce paysage de pierres encore désassemblées mais non incohérentes à celui que ces verticales, horizontales, massives, anguleuses, biaisantes, cylindriques lignes et formes séduisent froidement par une architecture ni brute ni ornée, par un sens détourné. Et l'œil se délecte sur les tiges des pins non directement penchées les unes entre les autres, sur leurs cimes confondues.

Dans la photographie vue au Trocadéro d'un chapiteau de l'église de la Charité-sur-Loire, des sortes de lézards armurés, aux têtes bombées, chenues, durcies, aux becs interminablement affinés, entredévorent aux pattes un autre au milieu d'eux, ou plutôt les pattes de cet autre se reconfondent dans les si longs becs. On a l'impression de bêtes mythiques se réabsorbant sans fin.

Au Luxembourg. — Dans la jeune fille de Gustave Moreau, tout le légendaire, l'exquis de l'ornementation — tortues quadrillées, losangées, terrains, monts crépusculeux, rocher à profil humain et crêté de pâtres, branches vespérales de citronnier sauvage d'un vert qui bleuit ou s'argente, eaux sinueusement glissantes sous un ciel taché de pâleurs brouillées et vives — cette pompe ne semble vraiment que l'enveloppe moins riche encore que subordonnée de la pensée de la physionomie de la jeune fille tenant dans ses minces doigts la lyre à tête morte. La blonde vierge élancée et douce, à la collante robe telle qu'un voile aux tranquilles chatoyances diversicolores, penche sa tête sur son sein, sa chevelure serrée, nattée a une blondeur verdie, les paupières un peu rougies soustraient son regard en un cerne bistré vers la blême figure. Douleur de silence intime. Et les pieds posent sur le sol en une adhérence fatiguée. La vierge pressent que le premier amour si on le pouvait retrouver, il ne se ressemblerait plus; peut-être par sa différence ternie ferait-il douter d'avoir été un jour. Et cette tête d'Orphée est-il même sûr qu'elle ait été vivante? le peintre l'a faite comme illusoirement cadavérique, pour marquer sans doute que la jeune fille constate l'irréel de son rêve, rêve ingoûté, déjà perdu, auquel elle garde sa piété.

De Bretagne, fin de printemps.

. Près d'Auray dans le Morbihan. Dans une lande un peu mamelonnée, en face d'un horizon se reculant moins accidenté que large, des souffles pluvieux couraient, se jouaient parmi les ajoncs à peine secoués, ils se parfumaient de la tiédeur miellée de leurs fleurs. Plus bas, en une belle dimension, des terrains d'herbes au ton brun moins rougi que violet et d'aspect friable s'imbibaient en rares flaques, dont la stagnance noirâtre paraît absorbante. De maigres bestiaux pâturant là marquaient une paix grave mais non sans agrément. Cela semblait ainsi depuis si longtemps.

Au-dessus de la bande inégale des coteaux plus loin, un clocher gothique s'élève, un peu hors des distances. Et on sentait, à des minutes, comme un vert d'herbe écrasée.

A Dinan. Parmi un couchant fervide et qui importunait, un peu à gauche deux grises nues hautes et longues, assez effiloquées, s'avançaient méphistophéliques sans déplaisance, en leur superbe vaporeuse et qu'on pouvait croire chagrine. Tacites et néfastes messagères. Une sorte de chauve-souris malhabilement volante les précédait. Sous elles, quelque drolatique personnage de petite taille, à la coiffure en pinacle qui branle, s'était arrêté en sa pirouette, il se montrait de dos, on le sentait crâne, et son unique jambe se retournait devant en queue de sirène. Mais bientôt ces similitudes d'une narquoiserie triste, que l'homme s'imagine, disparurent dans le ciel derrière elles uniforme, comme dans une toile d'où elles s'étaient dégagées un moment.

Sur l'étang de la Chesnaie en long d'un ton un
peu de bourbe penchent de beaux hêtres aux ma-
drures éteintes, des chênes noueux, branchus,
quelques mélèzes aux légères chevelures pendan-
tes. Un sapin, dans l'encoignure du mur de la
propriété qui longe l'étang, monte droit et morne.
Et la perspective de l'eau entre les verdures s'en-
fonce au bout dans une futaie de hauts pins un
peu rougeâtres. Ce jour-là, le ciel de nuages était
en tourmente, il faisait souvenir de Lamennais.
Nous avançant vers les pins, nous considérions les
inclinations hésitées de leurs pointes, on les eût
cru se consulter entre elles tout bas. Puis, un
recoin liquide et ombreux nous arrêtait. Sur l'eau
glaceuse, à alternances de clartés et de ténèbres,
et dont les blancheurs même paraissent bleuies,
un saule poussé presque horizontalement y plonge
de tortueuses branches, elles sembleraient des racines, mais on les sent moins s'abreuver qu'être
inextricablement prises. Autour, des *jaupilles* se
lèvent, de rares grenouilles d'un vert de mala-

chite une seconde nagent désarticulées. Derrière le saule aux feuilles en dessous cotonneuses et pâles, le bout de l'étang se recouvre de jaupilles serrées, fluettes, d'un vert d'eau pénétré de jour.

Saint-Malo. Sur la plage une nourrice continue son bonjour à un peintre des cabines : « Vous travaillez... — Faut bien pour vivre. — Ah! dame oui par exemple, on s'ennuierait, » reprend-elle se dandinant satisfaite.

Une après-midi, un idiot estropié est venu s'asseoir près de Licette sur les rochers avec une familiarité qui garde sa distance. Jusqu'au départ de la jeune femme il resta là, la bouche un peu ouverte et ses yeux du plus beau bleu marin fixes, chercheurs des siens. S'éloignant elle se retourna, le regard de l'idiot la suivait tout plein de choses, que sa langue liée n'eût pu révéler. Licette a deviné comme une accordaille d'un autre monde, alors que les sexes se seront fondus.

Un mendiant, auquel Jacques avait donné quelques sous une heure auparavant, prit, quand il le vit repasser à cette même place, un faux air humble en essayant mal de se cacher avec son chapeau que cette fois il hésitait de tendre. Évidemment il aurait voulu n'être pas reconnu, et Jacques se sentit honteux que l'autre désirât qu'il l'eût déjà oublié.

Dans la rue entre deux vitrines de boutiques, un petit garçon du peuple s'adressait dans une glace à lui-même, à moitié comme à un autre. D'après leurs saccades, on les eût dits presque en prise ensemble. Au fond, le colloque se témoignait fantasquement confidentiel. Ce ne pouvait être qu'à soi mais assez étrangèrement projeté en dehors que l'enfant parlait, gesticulait ainsi. Sans trop se le démêler, il était passé dans son reflet, il y contrefaisait le père qui morigène.

Dans les habitations des gens de la campagne, les lits en armoire que leur boiserie enferme presque ou enclavés dans le mur, ces lits d'accès difficile où il faut se hisser et où l'on se plottit ne valent pas le merveilleux petit tableau de Van Ostade au Louvre, chambre à la ligneuse architecture moins dorée encore que roussie, d'un luisant velouté, et chaudement et vaporeusement clorante dans un bain de lumière.

Dans une rue étroite de Saint-Malo, un peu coudée, aux maisons hautes et vieilles, l'une d'elles pauvre et délabrée date de 1639. Soutenues par une charpente en bois mal sculptée en saillie au ton tanné, ses nombreuses fenêtres presque toutes carrées et quadrillées se font apparentes. Beaucoup des carreaux sont fendus, cassés, disloqués, crasseux; ici, là on dirait des plaques non étamées; des lentilles variées, comme frustes, la forme de quelques-unes seule restante et garnie de carton qui s'use, laissent errer la pensée sur les altérations, les désuétudes des choses. Mais cet ensemble mal assemblé de trouble vitrage se fond, à l'approche de la nuit, sans plus guère rien de vitreux en une même lueur ténébreuse. Et aussi aux grandes fenêtres propres des maisons bourgeoises dans la même rue vient, à cette heure, une beauté. Elles semblent se resserrer comme froidies, tardant elles à s'endormir; un peu une eau qui se figerait hivernale.

Un soir d'orage, le soleil couché derrière la

mer, les eaux prenaient sans se refroidir une vastitude candide et pâlie. Dans elles plus de reflet ni de transparence. Insensiblement elles se berçaient encore comme dans un doute d'être. A leurs confins se reculant sans contour, s'érigeait Cézembre devenu son propre songe. Au ciel, quelques nues s'entr'ouvraient de foudre comme de passions, d'autres figuraient de sublimes montagnes, de féeriques palais croulants, fumeux, et elles dispersèrent leurs dernières teintes en de superfluentes nuances préférées. La mer enfin s'est foncée inexorable, rayée de quelques pans monumentaux.

A l'étang assez sauvage de la Crochais, à un coin protégé de pins, de châtaigniers, je retrouvai quelques instants intacts devant une fleur de nénufar fugitivement bougeante entre ses feuilles gouttelées de pluie. La tige disparaissait dans les eaux brunes. Et la fleur à ras d'eau voguait une seconde sans décision, prête peut-être à se risquer plus loin, tout de même pas mécontente d'être retenue. Lien presque de mystère. Sous la blancheur infuse des pétales, le reflet grisait de violâtre le frêle nénufar.

Au chêne vert. Par ce jour orageux, en cet air dilué, dans la propriété particulière mal ceinte d'un mur bas qui s'éboule, propriété sylvaine traversée en long d'une avenue non droite de hêtres et sans l'ennui d'une maison, nous regardions — le flot montant encore — le coude brusque et mol de la Rance, son eau verte attendrie, troublée à peine sous l'écorce spumeuse ici là aux rives, entre quelques roches non trop âpres avec leurs bruyères. Et des pins, des frênes, des chênes affinent et serrent, losangent et tissent, fenêtrent leurs verdures en touffes, on songe, de lucus de druides. L'âme y circule indévoilée à elle-même, en de balsamiques intervalles.

Une après-midi de vent non trop chaud, sous la filure presque voltigeante de rares nues, Licette ramassait dans le gazon sous une ormaie à une crique de la Rance un scarabée d'un vert bleu qui se dore. Elle l'avait cru blessé, mais en le retournant dans sa main les élytres n'étaient plus que le cercueil du squelette, les ailes repliées son linceul irisé; seules, au-dessus d'une patte contractée en un zig-zag formidable, la tête et le corselet non vidés dans leur petitesse gardaient une apparence de tête humaine trépassée, l'antenne restante ramenée sur les yeux avait voulu se cacher l'inévitable. Et Licette et Jacques admiraient ce léger bijou de la mort, bijou d'Isis.

VITRÉ

Feuilles de pierre amollie en sa courbure et son verdissement, à la petite porte finement ornée d'une tourelle ; toile d'araignée devant une lucarne faitière, toile nacrée et ouateuse.

Pignons ardoisés, à intersection curviligne, simulant d'ambiguës coiffures à moitié couvrantes.

Gargouilles héraldiques aux déchiquetures si singulières qu'elles semblent moins en métal qu'aériennes sur les nuages ce jour-là d'une rapide légèreté ; gueules bien dentées de ces gargouilles où logent — on dirait, un peu malaisément —

quelques moineaux, car les langues de ces gueules branlent sous le vent.

Glace, pas grande posant à terre, dans une pièce du château, parmi des tapisseries anciennes aux plis tels que des rides qui seraient gracieuses, glace contenant entre ou plutôt sous ses macules d'argentines récurrences oubliées. Et, par une baie d'une tour de ce château, la vue plongeant sur une des petites cours murées et pavées de l'autre partie affectée aux prisons, la vue de deux détenues assises fainéantes, plus étiolées, autour desquelles sautillaient de familiers corbeaux.

Dans une eau terrienne parmi des herbes reflet de maison de bois enduite de chaux, d'un blanchâtre livide.

A un endroit un peu élargi de l'étroite Vilaine serpentant bordée de laveuses, boutons de nénufars au jaune de soie si intense qu'ils émergent en une tristesse.

De Paris, juillet.

Le bleu va — sans plus de passion — de l'amour à la mort, ou mieux il est d'extrémité perdue. Du bleu turquoise au bleu indigo l'on passe des pudiques effluences aux ravages finals. Nativités et détresses, si vraies qu'elles sont réduites à se taire.

Des boutons de tubéreuses s'entr'ouvrant sur une même tige, portés un matin quelques heures, m'avaient dit quelque chose très aimée que pourtant on ne peut garder auprès de soi impunément. Leur coquette mollesse, leur luisance refondue dans la senteur, tout enfin de ces vierges hasardeuses, extérieurement tracées de blondeurs minimes, donnait une émotion trop suave par leur haleine peu à peu presque intoxiquante.

Au Louvre. Pourquoi, parmi les cinq femmes et sacrées et voluptueuses d'une des fresques dégradées de la villa Lemmi, est-ce celle-là seule en blanc qui me tente de la rendre dans une écriture de mélodie! certes, la blanche tunique retenue d'une main et flottante à peine, et, dessous, la chemisette bleuâtre, ce vêtement s'accorde à la jeune fille qu'il dérobe et rehausse. Et du col arrondi sort comme d'un calice la tête un peu penchée de côté. Mais non, c'est en dedans qu'on est ravi par cette physionomie si particulièrement distraite, car enfin ce rien de négligence — le visage nullement détourné, non plus regardant — empêche que son air distingué à cette forme nymphéenne perde une seconde du charme juvénile. Sa tendresse sans un soupçon de chagrin se marquerait de mélancolie, elle est, cette vierge, quelqu'une trop purement délicate pour pouvoir être heureuse. Mais l'on craint, en insistant, de déranger la manière de rêve de cette Botticellienne aux cheveux roux dénoués, ondulants, aux deux mèches jolies jouant modestement sur le front, aux yeux moins souriants on dirait que mouillés, et dont la figure a un galbe de vase qui se fendille et se rose.

Dans l'ombre imbue, profonde du coteau où la pleine lune inconcevablement hagarde et douce passe déclive, l'eau dort sous le lointain azur moucheté de plumeuses blancheurs. Elle émerge ou refoule on ne sait, sa lisse superficie hésite de luire, ce semble un cristal noir, et la liquide image de ténèbres demeure plus secrète avec de rares filets de lumière.

Il me semble sentir, entre mon âme et l'au-delà convoité, je ne sais quelle tapisserie indéfinissablement légère qui pourtant sépare. Derrière elle je devine des mondes d'une nouveauté éternelle, car à des moments elle remue inquiétante et délicieuse sous des souffles de par là-bas, et les figures indécises de cette tapisserie point faite de main d'homme, telles un peu que d'antiques souvenances, s'entendent alors avec les lents mouvements arabesques du tissu où couve et d'où s'échappe comme un relent ineffable.

L'Absolu, nécessaire et incompréhensible, incessamment se manifeste triple dans l'Être, dont la forme pour ainsi dire parfaite est la sphère. L'Absolu est la commune mesure universelle des innombrables différences.

Impossible et analogue tige aquatique qui s'élance et s'évase en coupe renversée d'où retombe une pluie de pleurs, rayon brisé de mon songe se réabîmant au firmament de l'Unité.

Un matin déjà avancé, aux Tuileries, assis sur un banc, nous remarquions à peine que des blanchisseuses assises un peu plus loin riaient, étonnées de nous voir fixer une ombre apparaissant à intervalles sur l'écorce d'un marronnier. Petite branche se manifestant dans son ombre une merveille. Évanouie sous une nue ou réapparaissante sous le soleil, elle avait la magie d'une surnaturalité. Et c'était, cette ombre ouvragée, un demi croissant, une ceinture, entrelacs de Perse ou d'Arabie, trophée d'un chef supposé suspendu là, d'un de ces chefs de légende gardant la réalité et le mystère tout à la fois des fata-morgana un moment gravant leur passage dans l'horizon du ciel. Cette intermittente ombre lucide sur l'écorce ravinée, grise ne rendait-elle pas plus flagrante l'invisible vision de ce chef inconnu, dont se remontrait si secret et sûr, fuyant et fier l'héroïque vestige? Et de la glorieuse ceinture, à un côté, se détachait une pendeloque, qu'on sentait scintiller fantomatique comme dans le fond de l'Histoire.

OBSESSION

Ma mère à cinquante-six ans sur son lit de morte jonché de défaites fleurs et que veille, sans surtout de bruit dans la chambre en oratoire, son fils unique de plus de trente ans, ces derniers jours de janvier. Dépérie de maladie, elle avait exhalé doucement son âme. Une double dissemblance se marquait s'accentuant sur la physionomie. Le côté droit du visage prenait une sévérité, je ne sais quoi de pénible, en une réviviscence de la figure — forme et expression — de mon grand-père maternel. Le côté gauche au contraire avait une inclinaison reposée, comme prête à gentiment sourire, faisant rêver par le fils les premières années de la vierge. Et ainsi sur la face désormais close avait mystérieusement réapparu à la fois un retour aux origines et une candeur d'enfance. A peine une trace violacée au bas de la joue gauche, pour signifier l'actuelle présence funèbre. Et la morte, en son apparence de cire surtout aux mains, s'enveloppait froidement d'une odeur brune piquée.

Que ce sourire qui ne bougeait plus, dans le côté gauche de la physionomie, me trouble encore! Ne semblait-il pas charmé occultement et dire que maintenant elle savait bien, elle, mais qu'aux vivants ne se divulgue pas le secret sur l'être?

Des lilas blancs pâles — j'en donnais à ma mère certains jours — ont un parfum comme de souvenir pur.

Et Jacques se rappelle, de son second voyage de montagnes avant la quinzième année, l'après-midi d'été avec son grand-père et sa mère dans les ruines du château de Habsbourg, sur une hauteur où, dans les fentes des vieilles murailles versant leur ombre sur l'herbe, des harpes éoliennes laissaient une résonance craintive de sylphe.

Achevé d'imprimer

Le vingt septembre mil huit cent quatre-vingt-huit

PAR ALPHONSE LEMERRE

(Bancel, *conducteur*)

25, RUE DES GRANDS-AUGUSTINS, 25

PARIS